転生した社畜は異世界でも無休で最強へ至る

登場人物紹介

シリウス・アステール

Profile

本作の主人公。
青《あお》桐《ぎり》恒《わたる》が転生した姿である。

Sランク冒険者の父と母を持《も》ち、
類《たぐい》まれなる才能を社畜的努力によって開花させた。

セントラル冒険者学校に入学し、
武道祭でも大活躍する。

ララ・ピアレット

Profile

シリウスの幼なじみ。
幼少期をシリウスとともに過ごし、
教会学校を卒業後は
ヴェステンの癒術《ゆじゅつ》学校に入学した。

武道祭の学園対抗戦にて
シリウスと再会する。

ルーク・セリディアス

Profile

シリウスの幼なじみ。
教会学校を卒業後は剣士を目指し
スード冒険者学校に進学した。

武道祭の学園対抗戦にて
シリウスと再会する。

成長し「勇者」と称されるも、
その様子は一変していた。

シャーロット・エル・アルトリア

Profile

アルトリア王国のお姫様。
暴漢たちに襲われていたところをシリウスに助けられた。

視察と称し、武道祭や学園対抗戦に参加し、シリウスらと行動を共にする。

リィン・ソードフェア

Profile

アルトリア王国、
セントラル白騎士団長である。

【シングルナンバー】と称される戦士における序列第八位の【剣聖】。

シャーロットを守る女騎士であり、模擬戦においてシリウスを圧倒する実力を見せつけた。

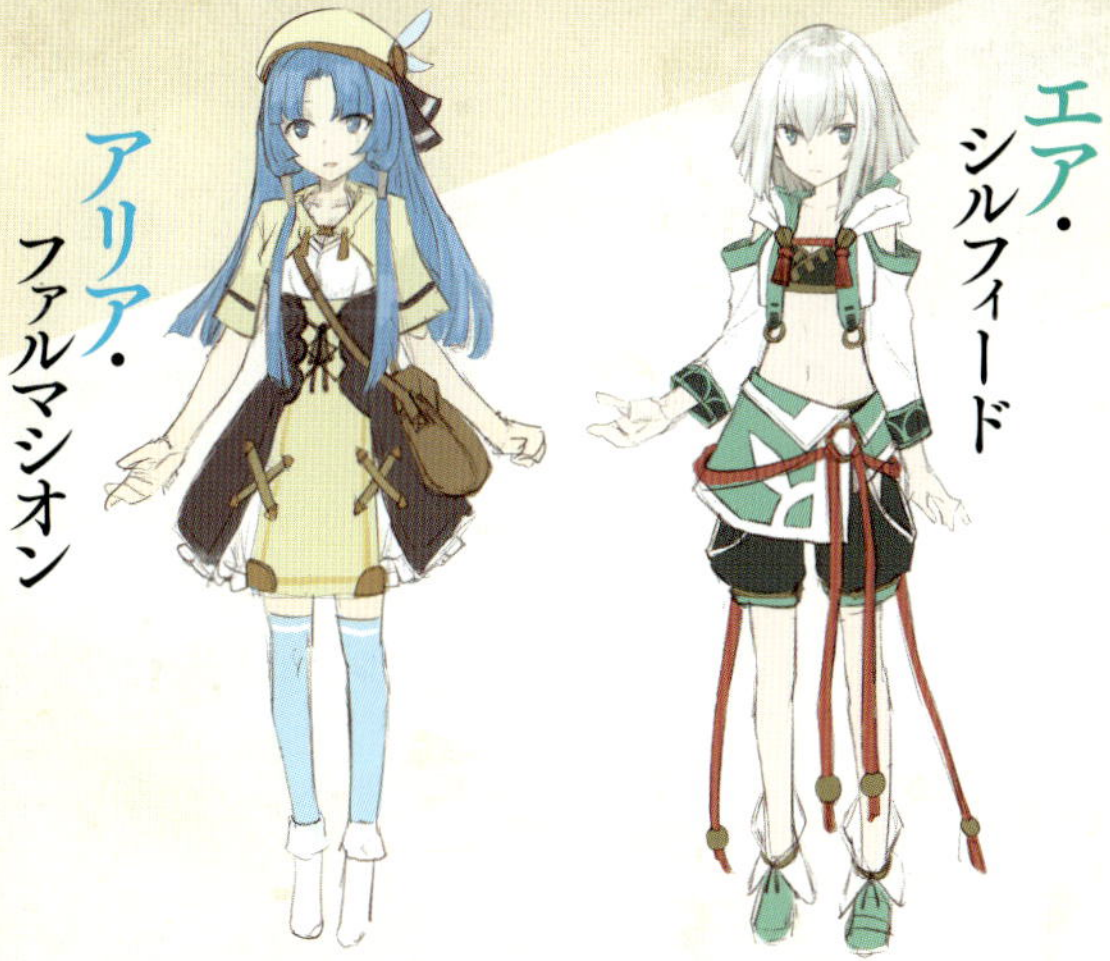

シリウスの仲間たち

セントラル冒険者学校でシリウスと交友を深めた大切な仲間たち。
2巻でも武道祭に温泉に、大活躍をみせてくれます!

characters

「シリウス君!!
本物のシリウス君だ!!」

「逃げてばかりじゃ
俺を倒すことは
できねぇぞ」
「また剣を雑に振って……。
そんな大振りじゃ
ただ隙を作るだけと
散々教えたはず」

転生した社畜は異世界でも
無休で最強へ至る2

丁鹿イノ

ファンタジア文庫

3010

口絵・本文イラスト　風花風花

CONTENTS

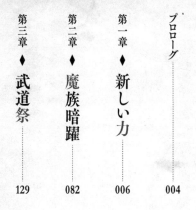

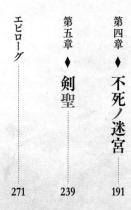

プロローグ

「それで本気ですか、ルークッ‼」

「シリウスゥゥッ‼」

ルークが聖剣を振るうと、その余波で闘技場の床板が粉々に砕け散った。

ルークと剣を交えながら、ルークに剣の振り方を教えていたエトワール村の風景が瞼《まぶた》の裏に浮かぶ。

しかし目の前には、苦悶《くもん》の表情を浮かべ眩《まばゆ》い光を放つ剣を振るうルークがいる。

エトワール村で剣を教えていた頃のルークからは想像もできない程の威力、スピードともに一級品である荒れ狂う嵐のようなラッシュが襲い来る。

そんなルークの猛攻を、『瞬雷《ブリッツアクセル》』と『白気纏衣《ビャッキテンイ》』を併用し白雷を身に纏《まと》って見切り、躱《かわ》す。

闘技場には絶え間なく剣の交わる音が鳴り響く。

白く眩い光と、白く尾を引く雷光がぶつかり合い、空気を揺らす。

先程から強固な障壁に阻《はば》まれて中々ルークにまでダメージが通らない。牽制《けんせい》で放つ生半可な魔術も聖剣の剣閃《けんせん》によりかき消されてしまう。

「逃げてばかりじゃ俺を倒すことはできねぇぞ、シリウス‼」

苛立《いらだ》ちを隠さずに挑発してくるルーク。

「また剣を雑に振って……。そんな大振りじゃただ隙を作るだけと散々教えたはずですが」

ルークは先程から、ひたすらに大振りで一撃必殺を狙ってきていた。躱してくれといっているような単純な剣筋のため、僕はなんとか攻撃を受けずに戦えていた。

しかし、そろそろこの速度と膂力《りょりょく》にも目が慣れてきた。ルークの一際《ひときわ》大振りの攻撃を躱し、即座に懐《ふところ》に潜り込む。

「ハアァッ‼」

紫電を纏う雷薙《ライナギ》は雷光を瞬《またた》かせ、ルークの魔術障壁ごとルークの身体《からだ》を斬り裂いた。

「ぐうっ……！　何……だと……ッ⁉」

ルークは鮮血を滴《したた》らせながら、苦悶の表情を浮かべ僕を睨《にら》みつけた。

第一章 ◆ 新しい力

「うっ……」

気がつくと、白い天井が目に映る。

僕、シリウス・アステールが冒険者を目指しエトワール村を出てセントラル冒険者学校に入ってから数ヶ月経《た》ち、大分学校に慣れてきた頃。僕は全身の痛みを感じつつ床で気を失っていた。

ズキリと痛む肩を押さえて起き上がると、ポンと頭に大きな掌《てのひら》の感触を感じた。

振り向くと、ディアッカ教官がフッと笑っていた。

「ふむ、『闘気』なしでここまで戦えるとは……凄《すさ》まじいものだ。流石《さすが》だな、シリウス」

「はい、ありがとうございます……」

頭を振り意識を覚醒させ、僕は再び教官の講義に耳を傾けはじめた。

朝一、僕ら一学年Sクラス一同は学校の闘技場に集まっていた。

補助教官から気力の初歩を習っている魔術師組を横目に、僕ら剣士組はディアッカ教官の前に整列する。

「さて、諸君は全員『練気』まではきちんと習得しているようなので、本日はもう一歩踏み込んだ『闘気』という技能について授業を行う」

気力を用いた戦闘については母からみっちり教わっていたけれど、『闘気』というものは習わなかったな。一体どのような技術なのだろうか。

「入学時に『闘気』を身に付けている者は基本的にはいないはずだ、知らなくても無理はない。いや……ムスケルだけは例外だったな」

「むふん！」

やたら筋肉を誇張したポーズでドヤ顔を決めているムスケル。なぜムスケルだけは身に付けているのだろうか。

「どういうことだという顔をしているな。『闘気』は一定の条件を満たした者しか習得できないよう、国と冒険者ギルドが管理している技能だ。その者の能力や年齢、身元などいくつかの条件を満たした者のみが習得を認められているのだ。そして諸君はそれをギリギり満たしているため、これから教えていくことになった」

「ムスケルはなぜ例外なんですか？」

エアさんが手を挙げて質問をした。確かにそれは気になるところである。それに対し、教官ではなく相変わらずポーズを決めてドヤ顔のムスケルが答えた。

「我も教えてほしいのである‼」

お前も知らないんかい！

心の中で突っ込んでいると、呆《あき》れたように教官が話しはじめた。

「あぁ、『闘気』は気力を操作して独自のスキルを生み出すものでな。ムスケルが習得している『筋肉操作《マッスルコントロール》』というスキルが『闘気』に当たる」

「むむっ⁉『筋肉操作《マッスルコントロール》』は物心ついた時には身に付いていたのであるが……？」

「『闘気』の中には遺伝するものがあるからな。『筋肉操作《マッスルコントロール》』は遺伝性だったのであろう。ご家族は詳しく知っているはずだ」

「ぬぅ……知らなかったのである……」

「『闘気』については基本的に資格のない者が教えることが禁じられているため、諸君が知らなかったのも当然のことだ。『闘気』は専用の魔導具を用いて習得するのだが、能力が基準より低いと肉体が耐えきれず死に至る危険性もある。諸君の能力であれば問題はないと思うが、本人の希望がある場合のみ『闘気』を習得させることになっている。その希望を聞く前に、まずは『闘気』がどのようなものか見せようと思う。シリウス、闘技場に上がれ」

「えっ……はい！」

　突然の指名に驚きつつも、ディアッカ教官とともに闘技場に上がる。

「『闘気』の力を実践するためだ、悪いが模擬戦に付き合ってもらうぞ？」

　そう言うとディアッカ教官はニィッと口角を上げて剣を抜いた。教官の武器は、短剣と長剣の間くらいの珍しい長さの二本の剣であった。

　エアさんの試験の時は片手剣だったが、構えは堂に入っており付け焼き刃の二刀流でないことが窺《うかが》えた。これが教官本来の戦闘スタイルなのかも知れない。

「分かりました、よろしくお願いします」

　教官と対峙《たいじ》し、ふと『雷薙《ライナギ》』と『夜一《ヨイチ》』のどちらに手をかけようか思案する。

『闘気』の実演という点から考えると、『雷薙《ライナギ》』は控えた方が良《い》いだろうか。そう思い『夜一《ヨイチ》』に手を伸ばそうとすると、真剣な表情の教官と目が合った。

「遠慮はいらんぞ」

……教官を相手に、驕《おご》りがすぎたようだ。

自らの慢心を反省し、『雷薙《ライナギ》』の柄《つか》に手を添える。

「申し訳ありません」

教官は満足そうに頷《うなず》いた。

「よし、では始め‼」

初撃で決める気持ちで、全力で行く‼

『雷光付与《ライトニングオーラ》』と『瞬　雷《ブリッツアクセル》』で身体強化を施し、一瞬で教官の後ろに回り込み抜刀斬りを放つ。完全に入ったと思った一撃であったが、恐らく気力で構築されているであろう盾を斬り裂くに終わり、教官には届かなかった。

「『ウォールスラッシュ』！」

教官が叫びながら片方の剣を縦に振るった。

短い剣であるため余裕で回避できるとバックステップをしようと脚に力を込めたが、背筋に悪寒《おかん》が走り、咄嗟《とっさ》に横に飛び退《の》いた。振り向くと、教官が剣を振り抜いた延長線上には気力により構築された壁が発生していた。

アレに直撃していたらどうなるのか分からないが、碌《ろく》なことにならないということだけは確かであろう。

「流石だ、鋭い戦闘勘を持っている」

不敵に笑う教官。先程発生した気力の壁は、消滅せずに顕在している。

普通に気力で剣撃を飛ばした場合は刹那的なものだ。あの消滅しない気力の壁は『闘気』によるものなのだろう。

「先程の技がディアッカ教官の『闘気』ですね？」

「正解だ。これは私の『闘気』、『具現化する剣撃《リアライズソード》』だ。見ての通り、気力を長時間に亘《わた》り具現化するスキルだ。分かったところで、続けるぞ！」

そう言うと、教官が地を蹴り凄まじい速度で接近してくる。

双剣を巧みに操り、絶え間なく剣撃を放ってくる。刀で受けても気力の放出は止められないようで、剣の延長線上から身体《からだ》をずらしていないと『具現化する剣撃《リアライズソード》』の餌食《えじき》になってしまう。

度々『瞬雷《ブリッツアクセル》』で加速して視線を切り死角から斬撃を放つも、死角に気力の盾を配置されて相殺《そうさい》されてしまい、中々決定打を当てることができない。

また気力の壁が徐々に増えていき、行動が制限されていく。おまけに教官は気力の壁をすり抜けて攻撃してくるからたまったものじゃない。

斬り裂くことは可能であるが、次々と具現化される壁に対処して立ち回る空間を作らなければ回避もままならず、徐々にジリ貧になっていく。

魔術で戦おうにも巧みに肉薄してくる教官を引き離せず、有効的に魔術で攻撃できる距離をとることができない。

「どうしたシリウス‼　もう隠し玉はないのか⁉」

「くっ……‼」

一度周囲の壁を取っ払わなければ、このまま追い込まれるだけだ。

教官の隙を見計らい、居合斬りと同時に回転して周囲に斬撃を放つ。斬撃により、周囲に構築されていた気力の壁が一瞬で斬り裂かれ、消滅した。

……が、目の前には跳躍で斬撃を躱《かわ》し、双剣を振るう教官がいた。

■

「このように『闘気』は様々な可能性を秘めた技能だ。危険を承知で習得を希望するものは、挙手してくれ」

僕を含めエアさん、ランスロット、ムスケルの近接戦闘組の全員が、当然の如《ごと》く手を挙げていた。

「分かった。……まぁ『闘気』を習得した者としていない者では、武器を持っている者と持っていない者くらいの差があると言われているくらいだからな。高ランク冒険者になるためにはほぼ必須技能と言っても良いだろう」

確かに戦って分かったが、『闘気』はかなり強力な技能である。

『闘気』がなければ教官に勝てたかというと、それでもかなり厳しかったと思うけれども。

「習得の方法だが、まずはこの『闘気珠《だま》』に手を当てて気力を流してもらう。一定以上流すと、『闘気珠』の中で変質した気力が一気に体内に戻ってくる。これは身体に大きな負荷がかかるため、覚悟しておくように」

負荷とはどのようなものなのだろうか……怖いな。

「それが終わると『闘気』を習得する準備は完了だ。後は自分がどのような力を得たいかを想像しながら気力を練り上げ、『闘気』を構築していく。これには明確にイメージを持つ必要がある。迷いがあると『闘気』は構築されないからな。『闘気』の構築にはかなりの時間がかかる。強力な『闘気』を構築しようと思えば思うほど、時間はかかることになるからな。ちなみに私もいまだ、発展途上だ」

教官ですら発展途上とは……。強力な『闘気』を構築しようと思うと果てしない時間が必要なのだろう。

「どれだけ強力な『闘気』を習得できるか、またどの程度の速度で習得できるかは個人の資質による。私の『具現化する剣撃《リアライズソード》』も、最初は具現化時間は短く、また具現化できる気力の量もごく僅かだった。地道に鍛錬を積んでここまで昇華させたんだ。そしてまだ余力が残っているから、今後も強化していくつもりだ」

　個人の資質によってリソースが決まっていて、そのリソース内であればスキルを成長させることができるってことか。資質があって諦めなければ時間をかければかけるほど強化していけるから、『闘気』を習得してからの年数はかなりのアドバンテージになりそうだ。

「さてと、では諸君には『闘気珠』に気力を流し込んでもらうぞ。ちなみに習得準備が整ったからといってすぐに『闘気』を構築しなければいけないわけではないから安心しろ。どのような『闘気』にするか、一年でも二年でも悩んでいいからな。後悔だけはしないようにしろよ。……ただし『闘気』の構築をはじめるのは早ければ早いほど有利だから、そこは自分の中で折り合いをつけるんだな」

　正直、いきなり『闘気』でスキルを身に付けろと言われても、困惑しかない。すぐに判断しなくてもいいのは助かるな。時間を考えるとゆっくりもしていられないけれど。

「まずはムスケルからいこう。ムスケルは既に『闘気』を習得しているから負担は若干少ないはずだ。『筋肉操作《マッスルコントロール》』に加えて、余力があればもう一つくらいスキルを身に付けられるかも知れない。もし余力がなくても、『筋肉操作《マッスルコントロール》』を強化する余地はあるだろう」

「了解である。いくであるぞ！　フンッ！」

ムスケルは『闘気珠』に手を当てると、躊躇《ちゅうちょ》せずに気力を放出した。放出された気力が『闘気珠』に吸い込まれていく。

暫《しばら》く気力を放出し続けて明らかに疲労が顔に表れはじめた頃、唐突に『闘気珠』が輝いて気力が一気にムスケルへ逆流した。

「むおっ⁉　む、むむむあああぁっ‼」

ムスケルは逆流した気力により身体を輝かせ、痙攣《けいれん》しながら身体を仰《の》け反らせて苦悶《くもん》の表情を浮かべていた。

しかし『闘気珠』からは手が離れず、倒れることもできずに立ったまま輝きながらビクンビクンとしている。

……これ、大丈夫なのか……？

しばらくすると光が収まり、ムスケルの手が『闘気珠』から離れると同時に彼は意識を失って倒れ込んだ。

死んでないよな？

「お、おい。これ、大丈夫なのか？」

おずおずとランスロットがディアッカ教官に問いかける。

「あぁ、大丈夫だ。これはまだマシなほうだな」

平然としているディアッカ教官を見て、僕とランスロットは青ざめる。

「じゃぁ次はランスロットな」

「……わ、わかった……」

物凄《ものすご》く嫌そうな顔をしつつ、『闘気珠』に近づくランスロット。

「……仕方ねぇ、覚悟を決めるか」

そう言うと、ランスロットは少しずつ『闘気珠』に気を注ぎはじめた。そして……。

「ガッ⁉　ぐ、ぐおおおぉぉぉぐあああああッ‼」

先程のムスケル以上に苦しみはじめた。よだれを垂らし、白目を剝《む》いている。

いや、これヤバすぎるでしょ⁉　あまりの光景に言葉を失い、血の気が引いていく。

気力の逆流が終わり、同じく意識を失ってランスロットが倒れる。

……。

「次はエアだな」

「ああああああ‼　がっがあああぁッ‼」

同じくメチャクチャ苦しんでいるエアさん。

美少女が痙攣しながら仰け反っている絵面《えづら》……。いやいやダメでしょこれ⁉

「よし、次はシリウスだ。シリウス、覚悟しておけよ。お前の気力量を考えると……いや、もはや何も言うまい」

「え⁉　いやいやいやいやいや‼　なんですか⁉　気力量によって苦しみは増えるんですか⁉　教官⁉」

ディアッカ教官に縋《すが》り付くも、目を瞑《つぶ》り首を横に振るだけで何も言わない。

……まじかよ……。呆然《ぼうぜん》としていた僕だが、ディアッカ教官に背を押されて『闘気珠』の前に連れてこられた。

「覚悟を決めろ、シリウス」

「…………はい」

諦めて『闘気珠』に手を添える。

いくら辛《つら》いと言っても死ぬわけではない。一時の痛みに耐えれば『闘気』を習得できるのだ。もうやるしかない。

『闘気珠』に気力を流し始める。

カラカラに乾いたスポンジが水を吸うみたいに、グングンと気力が吸い込まれていく。

……明らかに二人よりも吸収時間が長い。もしかして気力量が多ければ多いほど吸収される量は増えるのではないか？　その分苦しむ時間も長くなるのではないだろうか。

そんなことを思いながら気力を流し続けていると、残り二割程のところで気力が入らなくなった。

そして突然、一気に気力が逆流してきた。

「ぐ、ぐあああ……あ？」

一瞬痛かった気がしたんだけど、全然痛くない。気のせい？　気力はドンドン逆流してきている感じがするのだが、特に苦しみは感じない。


一定以上の疼痛《とうつう》を確認。スキル『超耐性』より痛覚耐性を自動発動しました。


あっ！　そうだ！　なぜか最初から持っていたスキル『超耐性』に痛覚耐性があるんだった！　常に痛覚を遮断していると危険だから普段はオフにして、一定以上の痛みを感じると自動発動するように以前設定していたことを思い出す。

そこまでの痛みを感じることが今までなかったから完全に忘れていたな……。

「……おい、シリウス？　お前、大丈夫なのか？」

ディアッカ教官がメチャクチャ不審そうな顔をして問いかけてきた。

「あー……。思ったより、大丈夫でしたね。僕、痛みに強いので……」

「いや、痛みに強いとかそういうレベルの苦痛ではないと思うんだがな……」

ディアッカ教官は解《げ》せぬといった顔をしているが、気力は逆流しているが僕は苦しんでいないという事実は事実であるため、納得いかないが無理やり自分を納得させているようだ。

そしてしばらくして、気力の逆流が収まった。

その頃にはムスケル、ランスロット、エアさんもまだ虚《うつ》ろな目をしてはいるが、意識を取り戻していた。

身体《からだ》に気力を通すと、どこかがぽっかりと空いている感じがする。

無理やり体内に新しい容量を空けさせた、という感じだろうか。

これが『闘気』を習得するためのリソースなのだろうなと直感する。

他の三人も手をグーパーさせたり、気力を身体に通してみたりして、何かを実感しているようだ。

「もう感じていると思うが、これで諸君の身体に『闘気』を取得する準備が整った。これからは自分との戦いだ。まぁ今後の授業でも『闘気』の扱いなどを教えるし、もし行き詰まったり悩んだりしたらいつでも聞きにきていいからな」

そうして本日の授業は終わった。

ちなみに、魔術職のロゼさんとアリアさんは少ない気力量で『操気』の訓練を目一杯させられていたようで、気力が枯渇《こかつ》寸前で今にも気を失いそうなほどフラフラになっていた。

授業が終わり寮に帰って、また身体に気力を巡らせる。やはり、今までにはなかった『闘気』のためのリソースが感じられる。このリソースをどのように活用するのか、とても悩ましいな。

ディアッカ教官のように戦闘を補助するようなスキルか、ムスケルのように身体能力を強化するスキルか、もしくは一撃の威力の高い必殺技のようなスキルなども考えられるな。

あとは自分の長所を伸ばすか、欠点を補うかということも悩ましい。

僕の長所は、雷魔術と『雷薙《ライナギ》』による高速戦闘だ。本来は対応される前に一瞬で倒すのが僕のスタイルである。接敵速度、回避速度、そして攻撃速度を更に特化させて気づかれる前に一撃で倒せれば、ある意味最も安全である。

欠点は攻撃力が『雷薙《ライナギ》』に依存しがちであり、一撃で倒せない相手には決定打がなく苦戦を強いられることだろう。ディアッカ教官との戦いでも、気力の盾と教官を同時に斬り伏せられる攻撃力があれば問題なかったはずだ。

あとは、防御力の低さも気にはなる。基本的に高速機動で回避するのが僕のスタイルだから、防具も軽量化を重視しており最低限の防御力しかない。僕自身の体格も小さいため、大きな攻撃が直撃したら簡単に一撃で屠《ほふ》られてしまうだろう。ディアッカ教官の攻撃も防げていればカウンターで勝てたかも知れない。

そう考えると、身体能力を強化するスキルは絶対に役に立つだろう。……しかしそれは、努力でこれから補っていけるかも知れない。

『具現化する剣撃《リアライズソード》』のような特殊なスキルは、努力で習得できるようなものではないし、非常に魅力的だ。

……これはしばらく考察する必要があるなぁ。

僕は放課後も頭を悩ませ続け、一日を終えるのであった。

■

それから数日後、『闘気』をどう構築していくのか構想が行き詰まっており、参考になる資料はないかと学校の図書室に足を向けていた。図書室という名前ではあるが独立した大規模な建物であり、もはや図書館と呼んでもいいのではないかと思う。

セントラル冒険者学校の図書室は国の研究者や貴族なども利用しているらしく、恐らくこの国で最も書物が集まっている場所なのではないだろうか。

そんな超立派な図書室だが、利用者は全くと言っていいほどいなかった。閉館日なのかと思い司書さんに聞いてみたが、ただ単に利用者が少ないだけらしい。どうやら図書室とは名ばかりで、利用者のほとんどは国の研究者で生徒はほとんど来ないらしい。これだけ潤沢な蔵書があるのに、なんて勿体《もったい》ない……。

僕は前世では学生時代古本屋でバイトしていたくらいの無類の本好きだ。社会人になってからは読書の時間が中々取れず、通勤時間くらいしか本が読めなくなってしまっていたが……。図書室は静寂に包まれており、久々にゆっくりと本が読めそうだなと少しわくわくしてきた。

フラフラと本棚を眺め、ふと目に入った過去の英雄に関する伝記を手に取る。英雄と呼ばれるほどの強者《つわもの》がどのような能力を持っていたのか、どのように戦っていたのかは参考になるだろうと思案し、本を持って読書スペースに向かった。読書スペースには大きな窓から適度な光が注いでおり、窓の外には綺麗《きれい》に整備された庭が見えた。最高の読書環境だ。

そしてそこには、机の上に二つの重そうな膨らみを載せつつ、美しい水色のロングヘアをかき上げて読書をしている先客がいた。

「あっ！　シリウス君⁉」

「アリアさん！　ついに利用者を見つけたと思ったら、アリアさんだったんですね」

「は、はい！　静かに本が読める図書室がお気に入りなんです！　シリウス君は……伝記、ですか？」

「はい。鍛錬の参考になるかなと思って、過去の英雄達の歴史を学んでみようかなと」

「ほぇぇ……。流石《さすが》シリウス君です……」

適当に手に取った本なのだが、アリアさんはキラキラとした瞳でこちらを見てくる。

「アリアさんは何の本を読んでいるんですか？」

「私は……。えっと……そのぉ……」

アリアさんが読んでいる本をちらりと見ると、毒薬とか爆薬とか物騒な文字が目に入った。

「あ！　あのあの、これは……」

「アリアさんも強くなるために勉強しているんですね！　僕と一緒ですね！」

気まずそうな顔をしていたアリアさんに笑顔を向ける。冒険者になるためには戦闘手段はいくらあっても困ることはない。その勉強を放課後にも積極的にしているのだ、素晴らしいことだ。

「あ！　一緒……ですね……」

何故《なぜ》か頬を赤らめて嬉《うれ》しそうにはにかむアリアさん。

「あぁ、読書の邪魔をしてしまいすいません。僕も一緒に読んでもいいですか？」

「は、はい‼　是非‼　一緒に読書しましょう‼」

アリアさんは凄《すご》い勢いで隣のイスを引いてくれた。優しいな。

アリアさんの隣に座り、並んで読書をはじめる。静寂に包まれる空間に、紙がめくられる音が時たま聞こえる。程よく差し込む陽の光がとても心地《ここち》良い。

あー、ゆっくりと本を読める、幸せな時間だなぁ。

暫《しばら》く読み進めていたが、ふといつの間にか隣からページがめくられる音がしなくなっていたことに気づく。チラと隣を見ると、アリアさんと目が合った。

「あ‼　あわあわわ……」

アリアさんは目が合うと、焦《あせ》って目線を外して本を読みはじめた。

何かあったかなと思いつつも、アリアさんは必死に本を読んでいるようなので気にせずに読書に戻る。

……今度は隣からなんか気配を感じチラリと視線を隣に移すと、またもやアリアさんと目が合った。

「⁉　あわわわわ……」

そしてまたすぐに視線を外される。

「？　どうかしました？」

「な、なんでもありません……」

「顔が赤いですが、もしかして体調が……」

「い、いいいいえ‼　大丈夫です！　元気です！」

「そうですか？　無理はしないでくださいね」

「はい、ありがとうございます……」

アリアさんは顔が赤いまま、一心不乱に本を読みはじめた。

まぁ何もないならいいんだけれど……。僕も再び書の世界に意識を落としていった。


ハッとして顔を上げると、窓の外が暗くなりはじめていることに気がついた。読書に夢中になってしまい、時間を忘れてしまっていたようだ。

この伝記に出てくる過去の英雄達は結構無茶をしており、ストーリーとしても普通に面白かった。『闘気』の着想にはあまり役には立たなさそうではあったけれど……。

パタンと本を閉じ隣に目をやると、アリアさんもちょうど本を閉じており、視線が交差した。

「僕はそろそろ帰ろうと思いますが、アリアさんはどうします？」

「わ、私ももう帰ります！」

「では、一緒に帰りましょうか」

「は、はい‼」

本を元あった棚に返却し、二人で図書室を出て寮に向かって歩き出した。

心做《こころな》しかアリアさんの足取りが軽いのは、良《い》い本を見つけたからだろうか。

■

学校の授業は十六時頃に終わる。

前世の労働時間に比べるとあまりにも短く、そのまま寮に帰る気は起きない時間である。

本当は魔物狩りにでも行きたいところだけれど、日没後は効率が悪いので大方は鍛錬に費やしている。

学校には複数の訓練場があるがSクラスとAクラスは個人で貸切《かしきり》訓練場を使うことができるため、集中して鍛錬を積むことができてとても嬉しい。また学校に来てから実感したが僕の魔術は若干異質であるため、人の目に触れずに鍛錬できるのも非常に良い。

僕の魔術には、前世の知識がその構築に大きく影響している。科学や物理法則への理解や、ゲームや漫画、アニメで見た魔法やスキルの知識が大きいのだと思う。

今日は、先日授業で習った『無属性魔術』で試行錯誤していた。その結果、『無属性魔術』は非常に汎用性のある魔術であることが分かった。お陰で、今まで構想にはあったが中々実現できなかった魔術を創ることができた。

まずは『空歩』だ。

魔術、魔法の存在を知って、空を飛びたいとは常日頃思っていた。風魔術を使って跳躍の高さを上げげたり滞空時間を延ばしたり滑空することはできていたのだが、空中戦闘が可能なレベルの飛行はできていなかった。ふんわり飛べても、戦闘中では魔術で撃ち落とされて終わりだ。そこで今回新たに考えたのが、空中に足場を作る魔術だ。

『無属性魔術』を使うことでそれは簡単に実現できた。無属性の魔力を凝縮させて空中に極小の足場を作り、それを蹴って空中を歩く魔術、それが『空歩』だ。

『空歩』の課題としては、走ることと次に踏み出す場所に座標を指定して足場を作ることを並行して行わなくてはいけないこと、次の足場の位置を相手に悟られないようにすることと、という二つが挙げられる。

走ることと魔術を並行して行使することは、割と簡単に慣れた。常に複数業務をマルチタスクで消化していた前世と比べたら、楽なものであった。

次の足場の位置については、現在特訓中である。そもそも『無属性魔術』は属性魔力を使っていないため相当魔力に敏感な人にしか感知されないという特徴があるので、殆《ほとん》どの場合は気づかれないと思う。あとは極力あらかじめ足場を作らないで踏む瞬間に足場を作れるよう、反復練習あるのみだ。

そして、もう一つ新たに創った魔術が『物理探知』だ。無属性の魔力を放射状に放ち、その反射で物の位置を摑《つか》む魔術だ。いわゆるソナーのようなものだ。

これで迷宮《ダンジョン》のマップや魔物の配置も一発で分かると思ったのだが、残念ながら迷宮《ダンジョン》の壁は微弱な魔力を発しており一定以上遠い場所になると反射した魔力がグチャグチャで上手《うま》く探知することができなかった。

ただ、この魔術は純粋に物理的に存在している物の位置を探知するため、『隠密《おんみつ》』で気配を消していたり魔力を抑えていたりして『魔力感知』で感知できない相手を探知することができる点が非常に優秀だ。

――ほら、こうやって気配を消して窓から入ってくる人を探知したりね。

『物理探知』の反応に従い高窓に目を向けると、そこには夕日を背に受けた、真紅のヒラヒラした服を身に纏《まと》った少女がいた。

「むぅ、気配を断っていた妾《わらわ》に気づくとは、お主はまた面白い魔術を創ったようじゃの」

楽しそうにくつくつと笑いながら、なめらかな金髪をなびかせた幼女、ベアトリーチェさんは高窓から優雅に飛び降りた。

「ついこの間まで『無属性魔術』も知らなかったというのに、もう新たな魔術を創るとはの。本当に面白い奴《やつ》じゃ」

「お久しぶりです、ベアトリーチェさん。気配を消してまで、僕に何かご用ですか？」

「あぁ。お主を驚かそうと思って気配を断っていたのじゃがな、可愛気のない奴よ」

本当にそんなくだらない理由で気配を消して近づいて来たのか？　と一瞬疑問が頭をよぎったが、悪意は感じられないのでとりあえずは納得することにした。

「アレキサンダーに聞いたのじゃが、お主『身体強化《ブースト》』と気力による身体強化を同時発動して失敗したそうじゃな」

魔術担当のアレキサンダー教官から報告を受ける立場……か。父さんの試験官をしたという話といい、ベアトリーチェさんは相当立場が上の教官なのだろう。そして実力も……。

「はい。気力と魔力が反発しあう性質だってことを知らずに試してしまいました」

「ふむ……。此奴《こやつ》なら実現できるかも知れぬな……」

「？　何か言いましたか？」

「いや、なんでもないのじゃ。お主、妾の教えを受ける気はないかの？」

「――どういうおつもりですか？」

「ふはっ！　どういうつもり……か。妾はこの学校の教官じゃ。教官が生徒を教えて何かおかしいことがあるか？」

「おかしくはありませんが……。担当教官ではない貴女《あなた》が突然僕に何かを教えようというのは、違和感を感じます」

「お主は本当に十二歳か？　雷小僧《レグルス》も理屈っぽい奴ではあったが、お主ほどではなかったのじゃ」

　中身はおっさんですからね、しかも理系の。

「――お主なら、妾の技能を授けられるかと思ったのじゃ。自ら創った技術を次の世代に託したいと思うのは、おかしなことかの？」

　それだけではない気もするけれど……裏があったとしても、これだけ凄い人に師事できるのは願ったり叶《かな》ったりではないだろうか。

「……お願いしてもよろしいでしょうか？」

「ふむ。最初からそう素直に頷《うなず》いておけばよかったのじゃ」

ベアトリーチェさんは嬉しそうにニヤリと笑った。

「この技能は操気と無属性魔術の高度な技術が必要じゃ。お主なら両方共及第点じゃろ。あとは練習と気合と根性じゃ」

気合と根性……か。どうにもブラック感のある言葉選びに一抹の不安をおぼえる。

「最初だから順序立ててやってみせようかの。まずは普通に『身体強化《ブースト》』を発動するのじゃ」

そう言うとベアトリーチェさんは一瞬で『身体強化《ブースト》』を発動し、魔力を身に纏った。その魔力の流れはとても滑らかで、見惚《みと》れるほどの技量だ。

「そして『練気』で気力を練り上げ、身体《からだ》から徐々に放出するのじゃ。ここで注意すべきは、纏っている魔力を内側へ向けて均一に圧縮することじゃ。上手く行けばこのように、気力と魔力を同時に纏うことができる」

ベアトリーチェさんの身体には練り上げられた気力が纏われており、その外側から魔力でコーティングするような状態となっている。正面に立っているだけでビリビリと威圧感を感じるほどだ。

反発する二つの力を芸術的なバランスで両立させている、凄《すさ》まじい技術だ。しかし……。

「確かに凄《すご》い力を感じますが、そのバランスを保ちながら戦うのは不可能じゃありませんか？」

　そう、あまりに精密なバランスで成り立っているため、少し戦っただけですぐに崩れてしまうだろう。戦闘には向いていない。

「そう焦《あせ》るな、これはあくまで準備段階じゃ。気力と魔力の放出量を同量に合わせ、気力を外側へ、魔力を内側へ圧縮させるのじゃ。こんな風にの」

　一瞬眩《まばゆ》い光が迸《ほとばし》り、それが収まると目の前には薄《う》っすらと白い光を纏ったベアトリーチェさんがいた。

　強く力を放出しているわけではないのに、近くにいるとその白い光に凄まじいエネルギーが内包されていることが感じられる。

「これは……気力と魔力が混ざりあっている……？」

「その通りじゃ。同量の気力と魔力に一定以上の圧力を掛け合うと混ざり合い、安定して運用することができるようになるのじゃ。妾はこの力を『白気《ビャッキ》』、気力と魔力を掛け合わす技能を『白気纏衣《ビャッキテンイ》』と呼んでおる」

「『白気《ビャッキ》』……」

「うむ。では、試しにやってみよ」

「分かりました」

まず『身体強化《ブースト》』を発動させる。

ここ最近発動しっぱなしで鍛錬していたため、呼吸をするかの如《ごと》く発動できるようになっていた。

「……お主、実は昔から無属性魔術を使っておったじゃろ？」

「いえ、この間アレキサンダー教官から教わったばかりですが」

「おかしいじゃろ⁉　なぜこのような短期間でここまで練度が高まっているのじゃ⁉」

「最近中々魔力を使い切れなくて……。鍛錬の時は常に魔力消費量が多い『身体強化《ブースト》』を発動させてたから慣れたのだと思います」

「いやそもそもなぜ魔力を使い切ろうとする⁉」

「えっ⁉　魔力を使い切れば回復時に魔力量が増えるじゃないですか？」

ベアトリーチェさんは魔力量が多すぎて増やす必要がないから分からないのかな？　魔力をひたすら消費する鍛錬は一般人からしたら基礎鍛錬だと思うのだけど。

「確かに、魔力枯渇《こかつ》後の自然回復で魔力容量が底上げされる現象はあるが……精神的負荷が半端《はんぱ》なかろう？」

「うーん……確かに最初は辛《つら》かった気がしますが……。慣れれば清々《すがすが》しい疲労感に感じてきますよ？」

「人として大事な何かを失っておらんかの……。はぁ、もうよい。続けよ」

ちょっと納得いかないけど、きっと僕みたいな凡人の鍛え方とは違うんだろう。そう思うことにする。

身体に纏う魔力を内側に圧縮するよう意識しながら、気力で身体強化を施す。いつ崩壊してもおかしくないようなギリギリのバランスだが、なんとか魔力と気力を同時に身に纏うことができた。

「嘘《うそ》じゃろ……。まさか初めてでここまでいくとは……」

ベアトリーチェさんが何かぼそぼそと呟《つぶや》いているが、聞く余裕は全くない。この均衡を保つだけで凄まじい集中力の維持が必要で、全身から冷や汗が吹き出ている。

急ぎ、次の段階に移る。

気力を外側に圧縮し、同時に魔力を更に内側へ圧縮していく。必死に両者を押し付け合うが、凄まじい反発で今にも弾《はじ》け飛びそうだ。

「ぐ……ぐぅっ……」

声にならない声が口から漏れ出てくる。

例えるならば、野球の軟式ボールを地面に押し付けて平らにしろと言われて、必死に地面に押し付けているような感覚だ。

これ、本当に可能なのか？　と疑問が頭によぎった瞬間。

――パァンッッ‼

何かが弾け飛ぶような音が鼓膜に突き刺さり、目の前が真っ暗になった。

■

……暖かい。

柔らかな日差しに包まれているような、優しい何かが注ぎ込まれているような感覚。

こんなに気持ちよく寝られたのはいつぶりだろう、起きなくてはという理性ともっと寝ていたいという感情がせめぎ合い、寝返りを打つ。

柔らかい枕に顔を埋《うず》めたと思ったが、枕とは異なった弾力のある感触を顔に感じる。

「んぅっ……。シ、シリウスよ、目が覚めたかの？」

「うぅーん…………。うん⁉」

バッと顔を上げると、少しだけ頬を染めたベアトリーチェさんの顔がドアップで目に入った。すぐさま膝枕から飛び退《の》き、距離をとる。

「す、すいません‼　僕……。あれ、確か『白気纏衣《ビャッキテンイ》』を失敗して……」

「う、うむ。『白気纏衣《ビャッキテンイ》』を失敗して魔力と気力を一気に放出したお主は、急な気力と魔力の枯渇で意識を失ったのじゃ。そこそこ危険な状態じゃったから妾が少し気力と魔力を分け与えておったところじゃ」

「そうだったのですか……。助けていただきありがとうございます」

「教えたのは妾じゃからの、これくらいは当然じゃ」

「「……」」

若干の気まずい沈黙が流れる。

「あー、さっきの失敗じゃがな、魔力と気力の量の釣り合いが取れてなかったの。釣り合いに意識を向ける余裕がなかったからか、無意識に体内の魔力と気力をほぼ全力で放出しようと力んでいたようじゃな。お主は魔力量の方が多いから、おのずと魔力が上回っていたようじゃ。とりあえず、その前段階の状態でもう少し安定できるように練習することじゃな。そうじゃなぁ……また一月《ひとつき》経《た》った頃に様子を見に来るから、それまでに発動手前の状態で走り回れるくらいには慣れておくんじゃな」

「……分かりました、ご教授いただきありがとうございます」

その晩、僕は今後の修行計画を組み立て、翌日から粛々と実行していった。

――翌日。放課後、訓練場で気力と魔力を同時に纏《まと》う。

一回体感して難しさが分かっていたため、昨日よりは楽な気がする。それでも物凄い集中力を要する上に気力も魔力もガンガン消費するため、心も身体も疲労困憊《ひろうこんぱい》だ。

――一週間後。大分安定してきて、散歩する程度なら可能になってきた。

余裕が出てきたからか、気力と魔力の放出量の調整もできるようになってきている。

――二週間後。気力と魔力を纏った状態を自然に維持できるようになってきた。

ただこの状態を維持しているだけでは勿体《もったい》ないので、そのまま走ったり筋トレしたりしはじめる。

――三週間後。もはや無意識に白気《ビャッキ》を発動できるようになっていた。

気力と魔力の圧縮加減を調整したりしていると、時々融和しそうな瞬間がある。それを繰り返している内に、白気《ビャッキ》とは単純に気力と魔力の身体強化を重ねるだけではないと考えはじめた。

白気《ビャッキ》とは、気力と魔力に加えて反発力を肉体的エネルギーに変換し、飛躍的な強化を実現しようとする技法ではないか。そう考えながら、再び気力と魔力を圧縮しはじめる。

量が多ければ圧縮されるわけではない、むしろ制御が難しくなる。自然に纏える気力と魔力の量で確実に反発力を生み出すように圧力を加えていく。

そして、ある点を境界に何かが反転した。

……これが、白気《ビャッキ》か。

気がつくと、身体には気力でも魔力でもない、白いオーラが纏われていた。荒れ狂うような反発力が気力と魔力と混ざり合い、一つのエネルギーとして渾然一体《こんぜんいったい》となっている。

気力と魔力共に消費量が非常に多いが、その欠点を補ってあまりある力を感じる。

スキル『白気纏衣《ビャッキテンイ》』を獲得しました。

――そして一ヶ月後。『白気纏衣《ビャッキテンイ》』を身に付けてから、白気《ビャッキ》を纏った状態での鍛錬をはじめていた。

最近使い切るのが大変になってきた気力と魔力であるが、白気《ビャッキ》を発動しての鍛錬では一時間で九割ほど消費してしまう。実戦では他の魔術を使うことも考えると維持して戦えるのは二十分程度だろうか。

魔力と気力の残りが一割を切ったところで横たわり休憩をする。

清々しい疲労感だ……。三徹して資料を作り上げて仕事が上手《うま》く纏まった早朝のような清々しさだ。

そう思い休んでいると、おもむろに頭上から声がかけられた。

「お主、阿呆《あほ》じゃろ……」

なんとか身体《からだ》を起こして声の主に目をやると、全面に呆《あき》れを押し出したような表情をしたベアトリーチェさんがいた。

「ベアトリーチェさん。お陰で『白気纏衣《ビャッキテンイ》』を習得できました、ありがとうございます」

「まさか一ヶ月で習得するとはの……。お主、白気《ビャッキ》はぶっ倒れるまで発動しっぱなしにするような代物ではないのじゃぞ？　短時間、もしくは瞬間的な身体強化が普通の使い方じゃ」

「なるほど……。確かに物凄く燃費が悪いですもんね」

「それを一時間もぶっ通しで発動させおって……」

「でも気力と魔力が同時に消費されるので、鍛錬にはなるんですよ！　確かに戦闘時のことを考えると瞬間的な強化を身に付けたほうが良さそうですが」

「それが賢明じゃな。しかし妾《わらわ》がほとんどなにもせぬまま終わってしまったではないか……。つまらぬ奴《やつ》よ」

「いえ、ベアトリーチェさんのお陰で凄《すご》い技能を身に付けることができました。ありがとうございました」

彼女がいなければ白気《ビャッキ》を習得することはできなかっただろう。感謝の気持ちしかない。

「ふむ。感謝の気持ちがあるのなら、いつでも礼の品を待ってるからの」

ベアトリーチェさんが悪戯《いたずら》を思いついた子どものようにニヤリと笑う。

「……分かりました。そういえばベアトリーチェさん、教官室でも見たことないいんですが普段どこにいらっしゃるんですか？」

「あぁ……。妾の部屋は、教官棟の最上階にある。いつでも遊びに来てよいぞ」

「教官棟の最上階、ですか。今まで行ったことなかったです。分かりました、今度うかがいます」

「くっくっ……。楽しみにしておるぞ。ではな」

楽しそうに微笑《ほほえ》んだベアトリーチェさんは高窓から去っていった。

……何故《なぜ》普通に出入り口を使わないのだろうか。

■

休日、僕は『白気《ビャッキ》』や新しく開発した『無属性魔術』の実戦訓練のため、セントラル迷宮《ダンジョン》の二十階層に潜っていた。

二十階層に足を踏み入れた僕は、その景色に思わず息を呑《の》んだ。今までは普通の洞窟だったのだが、階段を降りると唐突に森が広がっていたのだ。何を言っているのか分からないと思うが、僕も何が起きたのか分からない。階段がやたら長いとは思っていたが、まさかこんな南国のようなジャングルが広がっているとは夢にも思わなかった。しかも景観だけではなく、気候も完全にアマゾンである。気温も湿度も非常に高く、不快指数が凄い。

生息する魔物は狼《おおかみ》やクマのような獣系に加え、いかにも熱帯っぽいワニのような魔物が度々出現した。そして非常に多いのが動く樹木、トレントだ。どれくらい多いかというと、密林の四分の一くらいはトレントで構成されている程だ。

まだ刀でも魔術でも一撃で倒せる程度の魔物しか出てこないため危険はあまりないのだが、数が多いので若干面倒である。かといって倒さないのも勿体ないので、目に入る魔物は極力倒していく。

ちなみに勿体ないというのは素材のことではない。最近はギルドの解体場をフル稼働《かどう》してもらっているくらいなので、それなりに有益な素材となる魔物以外は魔核だけ回収するようにしている。そのため、お金について困っているというわけではない。

ではなんのために魔物を倒しているのかというと、鍛錬のためだ。

冒険者の間では、魔物を倒せば倒すほど強くなるという話がよく噂《うわさ》される。科学的根拠はないし証明もできないので、あくまで噂話程度ではあるのだが……。僕には『解析』があるため検証が可能であった。

検証した結果、微量ではあるが魔物を倒したあとに生命力のようなものを討伐者が吸収していることが分かった。そしてその吸収率は、年々低下しているようだ。

恐らく若い方が魔物を倒してから得られる生命力、僕が経験値と呼んでいるそれを吸収する効率が良《い》いのではないかと考えている。そのため、見かけた魔物は可能な限り狩るようにしている。

その点、迷宮《ダンジョン》は鍛錬にピッタリだ。狩れば狩るほど報酬は貰《もら》えるし、魔物はいくらでも湧いてくる。しかも狭い空間に密集しているため数多く狩りやすい。

そうして心を無にしてアマゾン層を斬り進んでいると、いつの間にかボス部屋の前に到達していた。

軽く休憩して、特に気負いもなくボス部屋に足を踏み入れる。そこにいたのは直径二メートルほどのぶっとい幹の巨木エルダートレントと、大量のワニのような魔物デスアリゲイツであった。

僕が部屋に足を踏み入れると、凄《すさ》まじい勢いでデスアリゲイツが群がってくる。能力的に負けないと分かってはいるものの、正直ちょっと怖い。

群がってくるデスアリゲイツを雷魔術と刀で片っ端から片付けるが、一向に減る気配がない。どうやらエルダートレントが次々と召喚しているようだ。

取り巻きを無限召喚してくるタイプか……。まずは親玉を叩《たた》かないといけなさそうだ。

デスアリゲイツを斬り伏せながら、強引にエルダートレントへ迫る。

しかしそう簡単には行かせまいと、エルダートレントが無数の枝を槍《やり》のように扱い弾幕を張ってきた。そして周囲の大量のデスアリゲイツ達もアグレッシブに攻撃を放ってくるため、中々エルダートレントに接近できない。

ふと上を見上げると、高い天井の下、空中ががら空きであることに気づく。

すかさず跳躍し、『空歩』で、空中に足場を生成。空を蹴る瞬間に『白気《ビャッキ》』で身体強化を施し、刀を振るう。

エルダートレントの背後に着地し振り返ると、一刀両断された巨木が倒れ、大きな音を立てて地を揺らした。

そしてデスアリゲイツ達は一撃で倒されたエルダートレントを見て放心していた。

……そんな余所見《よそみ》していて良いのか？　呆《ほう》けているデスアリゲイツに『雷矢雨《サンダーレイン》』を叩き込み、瞬《また》く間に狩り尽くした。

三十階層に進むと、地面が物凄くぬかるんでいた。ところどころに水たまりや沼が出来ている程だ。そして地面のところどころからガスが噴《ふ》き出ていたりもする。

……臭い。

少し進んでみると、沼にデスアリゲイツがいた。ボス部屋で散々倒したので、特に何の感慨もなくスパッと倒す。更に進んでいくと泥まみれのスライムや泥のゴーレム、毒を吐く大きなトカゲなんかがいた。

そのまま三十一階層の階段までは辿《たど》り着いたのだが、臭さのせいか噴出しているガスのせいか気分が悪くなってきた。魔物達も徐々に粘り強くなってきており、物理攻撃が効きにくい魔物が多いことも相まって殲滅《せんめつ》速度が落ちていた。今日中に四十階層まで降りきるのは厳しそうだ。

もうちょっと残業していきたい気持ちはあるが、気持ち悪いし今日はもう帰ろう。次回はガス対策を忘れないようにしなければ。

出会ってはいないけれどこの階層を探索している人もいるはずだし、対策用アイテムは存在するはずだ。なければとりあえず布でも口元に巻いて進むしかない。これからの探索計画を考えつつ、前の階層に戻り迷宮転移盤で地上に戻った。

そのまま冒険者ギルドに報酬を受け取りに行こうと思ったのだが……身体が臭い。

迷宮《ダンジョン》の中では空間全体が臭かったため気にならなかったが、地上に出ると自分に臭いが染《し》み付いていることが分かった。

迷宮《ダンジョン》入口のお兄さんも顔をしかめ、僕からそっと距離をとっていた。泣くよ？

すぐにでも風呂《ふろ》に入りたいがこのまま寮に戻ってクラスメイトに会うのも嫌だったので、迷宮《ダンジョン》前の雑貨屋でソープナッツを購入して川で身体と服を洗った。

ソープナッツは飴《あめ》色の小さな木の実で、割ると中身が石鹸《せっけん》の代わりとなる。

この国では石鹸もあるけれど非常に高価であり、ほとんど民間人には流通していない。

女性冒険者なんかは皆ソープナッツを使って身体を洗っているのだ。

何回か身体を洗い臭いが取れたと思ったところで、報酬を受け取りに冒険者ギルドへ向かった。

「くんくん……。シリウス君、ちょっと臭うわね……。もしかして三十階層まで行ったの？」

そんなことを言いつつ、事務処理をするセリアさん。

完全に臭いが取れたわけではないと思ってはいたが、綺麗《きれい》な女性に臭うと言われるのは存外ショックが大きい……。

「やはり、まだ分かりますか……。そんなに長時間滞在していたわけではないのですが、それでも臭いが中々取れなかったんです……」

「三十階層に行ってこの程度の臭いならかなりマシな方ね。あそこの階層は一日潜ると一週間は臭いが取れないって言われているくらいだから。そのせいで冒険者は大体三十階層より上の階でしか探索してくれないのよね」

「あのガスは結構キツイですもんね……。何か対策アイテムはないのでしょうか？」

「あるわよ。安いものならマスク、高いものなら風の魔石ね。あそこのガスには若干毒が含まれていて、マスクだと完全には防げないわね。短時間ならいいけど長時間潜るなら風の魔石をオススメするわ」

「そうなんですね、ありがとうございます。それにしても臭いけど実入りは良さそうなんですよね、あの階層」

「あのね、三十階層以深は最低でもランクBパーティ、ソロならランクA上位の冒険者が探索するようなレベルなの。ランクBにもなればわざわざ臭くてドロドロの迷宮《ダンジョン》を探索しなくても、もっと実入りの良い仕事は沢山あるのよ。特にあの王都迷宮《ダンジョン》は国による探索が大分進んでいて既にマッピングもされているから初心者向けではあるけど、新しい発見もないし深くまで潜る旨味《うまみ》は薄いの。だから上級ランクの人達はもっと実入りの良い他の依頼に移るか、国の探索が進んでいない迷宮《ダンジョン》を求めて旅立って行っちゃうの」

なるほど、あの迷宮《ダンジョン》は初心者向けだから下の階層にはほとんど冒険者がいないのか……。しかも国家迷宮攻略兵団が攻略に当たっているから、冒険者が頑張って潜る意味も薄いと。

僕はどこまで行けるか試したいから迷宮《ダンジョン》攻略を止《や》める気はないけれど。

「報酬はっと……相変わらず凄い魔物討伐数だわ……。ほんとに仕事熱心ね！　ギルドとしては助かるけど、そんな小さな身体《からだ》で働きすぎると過労死しちゃうわよ？」

「はは……。気をつけます……」

本当に一度過労死しているから笑えないな……。

まぁあの頃に比べたら全然働いてない方だし、この程度では過労死なんてまだまだだ。人間その気になればもっと働けるものだ。

「では、シリウス・アステール君、本日の報酬をギルドカードに振り込んでおきました！」

「はい、ありがとうございます！」

セリアさんが佇《たたず》まいを正して、ギルドカードを渡してくれる。

「その年齢でこんなにも稼いじゃうなんて、本当に将来有望ね……。やっぱり今のうちにツバつけておかないと……」

「ん？　何か言いました？」

「なんでもないわよー。うふふふ」

なぜか不敵な笑みを浮かべたセリアさんに見送られ、冒険者ギルドを後にした。

■

三十階層から撤退した翌週、またもや朝から迷宮《ダンジョン》に潜りに来た。引き続き実戦での『白気《ビャッキ》』の運用訓練と、三十階層攻略のためである。

できれば『闘気』も身に付けておきたいが……。現在の進捗では難しいだろう。『闘気』の構築ははじめているが、物凄《ものすご》く時間がかかりそうだ。理想形まで持っていくのに何年かかるか全く見えていないほどだ。

迷宮転移盤で三十階層に転移し、階下へ降りる前に準備をはじめる。今回はガス対策に風の魔石をトルネ商会で購入してきた。

風の魔石で発生させた空気を周囲に纏《まと》うことで綺麗な空気を吸うことができ、また悪臭が身体に着くのを防ぐことができる。

　素晴らしい効果の風の魔石だが、周囲の臭いや空気を感じることができないため周辺環境を把握できないことだけは要注意だ。この階層については過去の探索者達によってガスの濃度はあまり変化がないことが報告されているため、あまり気にしなくても良いかも知れないが、念の為《ため》警戒しておこう。これを機にトルネ商会に依頼し、万が一を考えてガスマスクや解毒《げどく》薬など、使う可能性のある道具を買い集め『亜空間庫《アイテムボックス》』に収納しておいたので、何かあっても対応できるだろう。

……マッドゴーレムを『白気《ビャッキ》』を纏った拳で爆散させる。さっきから全部これだ。どうやら、この階層で『白気《ビャッキ》』はオーバーキルすぎたようだ。ただ気力を纏うだけで余裕で倒せるレベルの相手なので分かりきってはいたのだけれど……。『白気《ビャッキ》』の扱いには慣れてきたが、敵が弱すぎてどれだけの威力が出ているかイマイチ実感が湧かない。

　そんなことを考えているうちに三十九階層のボス部屋の前に辿り着いた。ボス部屋は誰か冒険者が入っているようで、扉の光が消えていた。少し休んでから入ろうと思っていたためちょうどよかった。気力を回復する活性水と魔力を回復する魔力回復薬《マジックポーション》を飲みながら小休止する。小腹も空いていたが、泥だらけの格好でなおかつガスが発生しているような環境の中、食べ物を摘《つま》む気は流石《さすが》に起きなかった。

暫《しばら》く休みそろそろ気力も魔力も十分回復したと思ったところで、ちょうど良く扉に淡い光が点《とも》った。先客が下の階に降りていったのだろう。

特に気負うこともなく扉を開けてボス部屋に足を踏み入れる。

そこには紫色の四足歩行の……竜がいた。ポイズンリザードの上位種、ポイズンドラコだ。体長は六メートル程度と竜種にしては最小クラスのもので、能力も竜種の中では最弱クラスの魔物だ。また当然の如《ごと》く、取り巻きとして五匹のポイズンリザードがいた。

そして何より今までのボス部屋と異なっていたのは……鎧《よろい》や剣、杖《つえ》、バッグなどといった冒険者の持ち物らしき物がそこら中に散乱していることであった。

「これは……」

あまりの異様な光景に思わず独り言を漏らす。

知識としては聞いていた。

迷宮《ダンジョン》内で死んだ冒険者は、迷宮《ダンジョン》に吸収されて魔力に変換されてしまう。つまり冒険者の持ち物が複数落ちている場合、十中八九その持ち主が迷宮《ダンジョン》の糧《かて》となっていることを示すのだ。

通常は死亡してから迷宮《ダンジョン》に吸収されるまで、一日から二日はかかるものであるらしい。ただしそこにはボス部屋という例外が存在する。ボス部屋は挑戦者が全滅すると次の挑戦者を招くために早急に吸収されてしまうらしい。

……恐らくここに散乱している装備品は、敗北した先客達の物なのだろう。知ってはいても、直前にこの部屋で目の前のモンスターに人が殺されたと思うと胃液がせり上がる。

しかし魔物達はこちらの気持ちなど関係なしに襲いかかってくる。

『雷槍雨《ライトニングレイン》』

動揺を抑えつつ、魔術で取り巻きを片付ける。取り巻きがやられたことで怒ったのか、ポイズンドラコがポイズンブレスを吐き出す。回避しつつ、周囲に満ちはじめた毒霧を風魔術で散らす。

回避先が毒霧が薄い場所と限られているせいか、ポイズンドラコは凄《すさ》まじい速さで回避先に向けて尻尾を叩《たた》きつけてきた。咄嗟《とっさ》に夜一《ヨイチ》で受け止めるが、衝撃を相殺《そうさい》しきれずに後方に弾《はじ》き飛ばされた。かなりの衝撃で手が痺《しび》れ、思わず刀を落としそうになる。

凄まじい威力だ……。感覚的にはムスケル三人分くらいか。しかも敵は鱗《うろこ》が数枚弾け飛んだ程度でほぼ無傷だ。腐っても竜種ということか。

今度はこちらの番だ。

『雷光付与《ライトニングオーラ》』を身に纏い、雷薙《ライナギ》に手を添えて接敵する。ポイズンドラコはその巨躯《きょく》に似合わない素早さをもって尻尾で迎撃してきた。

若干軌道を逸《そ》らされながらも、雷薙《ライナギ》で尻尾を斬りつけるが鱗と肉が予想以上に硬く、尻尾の半分も切断できなかった。

「グギャアウゥゥ！」

ポイズンドラコの逆鱗《げきりん》に触れたのか、大音量の咆哮《ほうこう》とともに鱗が立ち上がっていく。そして立ち上がった鱗の隙間から、魔力と毒霧を凄まじい勢いで噴出しはじめた。

風魔術で護《まも》っているとはいえあまりに勢いが強いため、後方へと飛び退《の》く。毒霧に触れたポイズンリザードの死体が、同じ毒属性であるにも拘《かか》わらず溶解しており、その毒性の高さを表していた。

あれが直撃したらひとたまりもないな……。毒霧に突っ込む気は起きず、『雷光《ライトニングレイ》』をポイズンドラコに向け数発放つ。

しかしポイズンドラコは機敏な動きでそれを躱《かわ》しつつ、突進してきた。避《よ》けきれずにいくつか当たってはいるが、魔術抵抗力の高い竜鱗によって致命傷には至らない。

剣も魔術も効きにくいとか勘弁してくれ……‼

突進の勢いに合わせて身体を回転させ、尻尾をぶん回しながら突っ込んでくるポイズンドラコ。毒霧を噴出しつつ凄まじい速さで回転しながら突進してくる巨大なドラゴンに顔が引き攣《つ》る。

身体能力が低い魔術師や弓師がこれに突っ込まれたら絶望だろうな……。どこか冷静にそんなことを思いつつポイズンドラコを引き付け、尻尾ぶん回しが当たる直前に『瞬雷《ブリッツアクセル》』を発動して跳躍回避する。すかさず『空歩』で上空に足場を作り出し真下に踏み込み、『白気《ビャッキ》』を纏わせた雷薙《ライナギ》を振るう。

その威力は予想を超えてポイズンドラコの太い首を一撃で両断し、更には迷宮《ダンジョン》の床に裂け目を作り上げた。

先程は尻尾ですら両断できなかったのに数倍の太さの首を一撃とは……。『白気《ビャッキ》』の威力に思わず息を呑《の》む。

ボスを倒したことで部屋を満たそうとしていた毒霧が消えていき、倒れた敵の姿がよく見えるようになった。ポイズンリザードはドロドロに溶けており、素材として持ち帰れる状態ではない。一方身体が残っているが解体や素材の選別が面倒なポイズンドラコはそのまま『亜空間庫《アイテムボックス》』に収納してしまった。

敵がいなくなった部屋に佇み、部屋に散らばる先客達の装備品を見やる。一息ついた後、回収してギルドに報告するべきだろうなと思い、装備品も回収をはじめた。墓場泥棒みたいで気分が良くはないが放置するのもはばかられる、複雑な心境であった。

すぐに迷宮転移盤で戻りたかったが、次もまたなにか準備が必要な特殊な階層かも知れないため少しだけ四十階層に足を踏み入れて様子を窺《うかが》ってみた。

結論から言うと、四十階層はゾンビ、グール、スケルトンなどのアンデッドの巣窟《そうくつ》であった。迷宮《ダンジョン》内のアンデッドは吸収された冒険者が再利用されているのではなどという噂《うわさ》もあり、先程のボス部屋で亡《な》くなった冒険者達のことを思い切ない気持ちになり、すぐに引き返し帰路についた。


「シリウス君、わざわざ報告と装備品の持ち帰り、ありがとうね」

セリアさんは寂しそうに微笑《ほほえ》みながら、僕が拾った冒険者達のギルドカードを受け取った。ボス部屋で拾った装備品とギルドカードをギルドに提出しようとしたら、ギルドカードだけは回収するが装備品は拾得者の物となると言われ返された。

いらないと言うと買取カウンターで換金できるということですぐに銀貨にして渡してくれた。身近で亡くなった人達の装備品を使う気はどうしても起きなかったのだ。

「それにしてもポイズンドラコを倒して四十階層に行っちゃうなんて……。ポイズンドラコはランクAの魔物なのよ？　普通はランクAの冒険者もパーティを組んで挑戦するレベルの難易度なのに……無茶し過ぎよ。勝てたから良かったけど、ボス部屋に入ったら逃げられないのよ？　本当に気をつけてね」

心配そうな顔をしたセリアさんに手を握られる。ギュッと握られたその強さで、本当に心配してくれている気持ちが伝わってくる。

「セントラル迷宮《ダンジョン》の最深到達階は四十九階層。つまり誰も五十階層へのボス部屋は突破できていないの。帰ってこなかったランクAパーティも沢山いたわ……。国の迷宮攻略兵団も四十七階層を攻略中なくらいなの。シリウス君が強いのは分かるけど、本当に無茶しないでね……。シリウス君が帰ってこなかったら私……」

セリアさんが僕の目をじっと見ながらそう話す。その目は心なしか潤んでいるように見えた。僕に迷宮《ダンジョン》の存在を教えてくれたのはセリアさんだ。その責任感もあるのかも知れない。セリアさんの気持ちが嬉《うれ》しくて、思わず頬を緩ませながら微笑む。

「セリアさん、ありがとうございます。僕も死にたくはないので、絶対に迷宮《ダンジョン》で死ぬようなことはしません」

「シリウス君、約束よ？」

「はい、約束します」

セリアさんが差し出してきた小指に僕が小指を軽く絡《から》ませると、彼女は涙ぐみながらも笑顔を見せてくれた。

あれから迷宮《ダンジョン》に何回か潜ったのだが、四十階層からはかなり難易度が上がっていた。

まず、魔物の数が多い。そして唐突に地面の下から手が生えてきたりするため、常にあらゆる方向からの不意打ちに注意を払う必要があり、精神的な消耗が激しい。

元々の目的が周辺の森より強い魔物との鍛錬であったことを考えると、今危険を冒して無理やり進む必要もないと考え、四十階層と四十一階層付近での狩りに留《とど》めていた。

しかしアンデッドは物理耐久が低いため、『白気《ビャッキ》』の威力確認には向いていなかった。ポイズンドラコとの戦いで『白気《ビャッキ》』の威力は気力での強化と比べると相当強いということは判明したが、それがどの程度の違いなのかはイマイチ把握できていない。

ただ『白気《ビャッキ》』の実戦経験は着々と積めており、かなり自在に操れるようになっているため、それだけでも意義があるだろう。

一方『闘気』はというと、まだ実戦で使えるような状態までは仕上がっていない。もしかして何かの役に立つ時もあるかも知れない……という程度だ。

■

休校日のよく晴れた朝。鍛錬を終えた僕は、腕まくりをしてキッチンに立っていた。

――スイーツが食べたい。

この世界に転生してから、幾度その想《おも》いを抱いたことだろうか。

この世界にも砂糖はある。しかし少なくともアルトリア王国では、砂糖はとある商会が製法を秘匿・独占しており市場にほとんど出回っていない。出回っているものも非常に高価で、貴族や王族が薬や嗜好品《しこう》として楽しむようなものである。

一方、一般市民が甘い物を食べたことがないかといえば、そんなことはない。甘い果物や野菜は一般市民でも一応手が出る価格ではある。蜂蜜も贅沢品《ぜいたく》ではあるが、全く手が出ないほどではない。

でも、違う。僕の求めているスイーツは違うんだ。

度重なる労働で疲れ果て、機能停止寸前の脳に糖を注ぎ込んでくれる天使であるコンビニスイーツの甘美なる味わいよ。コンビニスイーツがなければ僕の寿命はもっと短かったことだろう。今では大分慣れたが、それでもやはり疲れた時には身体《からだ》が糖を求めるのだ。

チョコレート、ケーキ、クレープ、シュークリーム、エクレア、プリンアラモード……可愛《かわい》い天使たちよ、待たせたな。

そう。冒険者として大量の素材を冒険者ギルドに売りまくって得た資金で、着々と準備を進めていたのだ。スイーツの材料収集を。

売っていないなら作ればいいじゃない。

そう思い立ってから、ここまで苦労したな……。学生時代にパン作りで闘う漫画や紅茶を飲む人形達の漫画などの影響を受けて料理やお菓子作りに凝っていた時期があったのだが、そんな厨二《ちゅうに》時代の趣味がここで生きてくるとは、人生何があるか分からないものだ。

サトウキビのような植物、アマタケを市場で発見した時は大興奮だった。転生してから身に付けた身体能力、魔術を総動員し、砂糖を精製した。アマタケの手絞り一つとっても前世とは桁違いの膂力《りょりょく》が遺憾なく発揮された。

冒険者ギルドで牧場からの依頼を見つけた時は即受注し牧場主の人と顔を繋《つな》いで、新鮮な牛乳を購入して生クリームを作った。

そして地道に市場に通い、美味《おい》しく新鮮な果物を買い集めた。

その努力を結実させる時が来たのだ。

集めてきた材料を『亜空間庫《アイテムボックス》』から取り出してキッチンに並べていく。『亜空間庫《アイテムボックス》』の中は時間が停止しているため、全ての材料が新鮮そのものだ。そして最後に、小麦粉を取り出す。

「さて、クレープを作ろう」

スイーツの中でも特にお世話になったクレープ。

モチモチの生地と生クリームのハーモニー。そして片手で持てるため食べながら仕事をすることもできる。美味しさと効率が両立されている、素晴らしいスイーツだ。しかも作るのは超簡単。異世界初の自作スイーツにピッタリである。

まずは、クレープ生地を焼いていく。

社会人になってからは仕事ばかりで中々料理する機会がなかったが、学生時代は漫画の影響でよく料理をしていたものだ。二十年以上前の記憶を呼び覚ましながら生地を焼いていくが、思いの外上手《うま》く焼けている。身体は覚えているものだな。

芳《こう》ばしい香りが部屋に充満していく。もうこれだけでも幸せだ。おっとよだれが……。

生地を二十枚ほど焼き終え、クリームを泡立てはじめる。

ちなみに二十枚一気に食べるわけではない。余った分は『亜空間庫《アイテムボックス》』に収納しておけばよいのだ。出来たての状態で時間が停止するので、食料のストックには最適な能力なのだ。むしろこのための魔術といっても過言ではない。

泡立て器などはないが、前の世界より圧倒的に身体能力が上昇しているお陰で簡単に泡立てられる。また微小な氷魔術で冷やしながら作業できるのだから、作業効率は抜群だ。

皿に生地を置き、泡立てた生クリームを載せる。

更に甘酸《あまず》っぱい果実のベリーの実と、バナヌの実という黄色くて細長い……バナナ的な果実を載せて、生地で包み込む。

「……素晴らしい……」

完成したクレープを、震える手で持ち上げる。

しっとりとした生地の感触を感じつつ、口に運──ぼうとしたその時、コンコンと部屋のドアをノックする音が聞こえた。

うん、食べてからにしよう。

そう思い再度口に運ぼうとするが、もう一度ノックの音が響いた。こめかみに血管が浮き出るのを感じつつ、クレープを皿に置いてドアを開ける。

「……どなたでしょうか？」

平静を装《よそお》いつつ即座に尋ねる。いや、抑えきれずに随分とドスの利《き》いた声になってしまったかも知れない。そこには三人の美少女が立っていた。

「シリウス、突然ごめんね」

僕の顔を見るなり一瞬驚いた顔をした後、非常に申し訳なさそうに先頭にいたエアさんが僕に謝ってきた。後ろにいたアリアさんも申し訳なさそうな顔をしており、もう一人のロゼさんは僕の部屋を覗《のぞ》き込むようにぴょんぴょこ跳ねている。

普段お世話になっているクラスメイトであることが分かり、一旦息を吐いて気持ちを落ち着かせてから話しかける。

「皆さん、おはようございます。どうかしましたか？」

「朝からごめんね。えっと、何か急に良《い》い匂いがしてきて、なんだろうと部屋から出てきたら二人とバッタリ会ったの。それでシリウスの部屋から匂いがしてるみたいで……」

「シリウス、美味しそうなもの作ってる。ちょうだい」

「ちょ！　ロゼちゃん!?　ち、違うのシリウス君！　部屋に換気用の風魔石があるの知らないなら教えてあげようかなと思って……いや、凄《すご》く美味しそうな匂いではあるんだけど……あはは……」

そうか、換気が不十分で匂いが外に漏れていたのか……。それでスイーツの香りを嗅ぎつけて女子三人が集まってしまったと。

……外に匂いを出して迷惑をかけてしまったんだ、ご馳走《ちそう》くらいするか。

「ご迷惑をおかけしてごめんなさい。換気用の風魔石には気づきませんでした。……ちょうど出来たところだったので、よかったら食べていきますか？」

「え、いいの？　な、何か悪いわね！」

「流石《さすが》シリウス、太っ腹」

「ご、ごめんねシリウス君……。あ、ありがとう……」

「ちょうど多めに作っていたので――」

「むふん⁉　この芳ばしい香りはシリウス殿であったか！」

「おー、なんか美味そうな匂いしてんなーって思ったら皆集《みんな》まってんのか」

ムスケルとランスロットも匂いに惹《ひ》かれて部屋から出てきたようだ。

ねぇ、この寮なんでそんなに匂いが広がるの？　おかしくない？　それとも皆飢えてるの⁇

「……お二人もよかったら食べていきますか？」

「いいのであるか⁉　かたじけない‼」

「やったぜ、タダ飯だ！」

「……飯ではないんですけどね……」

「むっふううん！　これは……！　我が家の熟練したシェフですらここまで美味な物は作れないであるぞ⁉」

「ツッ⁉　シリウス！　これ、美味しい！　美味しいよ！」

「シリウス君……。お、美味しすぎますぅ……」

「ちょっとこれ……このふわふわして甘い物は何⁉　こんなの初めて食べたわよ！　色々

と規格外だと思ってはいたけど料理でも規格外だなんて……」

「うめぇなー、これ。これってもしかして砂糖使ってんのか？　とんでもなく高いんじゃねぇの？」

「……皆が喜んでくれて良かったです」

……自分用に、あとで追加で作ろう……。

あと、ムスケルの家ってシェフがいるの？　塊肉食べてるイメージしか湧かないんだけど……。

「シリウス君……これ、売れるんじゃないかな……？」

「うーん、飲食店開くわけにもいかないので難しいんじゃないですかね」

「あ、そうじゃなくてね。商業ギルドで『特許契約』して作り方を売ればどうかなって」

『特許契約』か、まさかこっちの世界にも特許制度があるとは思わなかった……！

「そんな方法があるんですね！　でも、たかだかお菓子のレシピなんて特許登録してもらえるんですかね？」

「た、たかだかじゃないよ⁉　こんな凄いお菓子、貴族の人だって皆大金出して知りたがると思うよ‼」

凄い勢いでテーブル越しに乗り出してくるアリアさん。

ちょ、そんな屈《かが》みながら近づいてくると……。

一瞬目が行ってしまったグランドキャニオンから即座に目を逸《そ》らす。どことなく他の女子二人の視線が鋭い気がするけど、きっと気のせいだろう。

「そ、そうですかね……。ちょっと、知り合いの商人の方に相談してみます」

あのふくよかな肉体の似非《えせ》関西弁の商人、トルネさんに話をしてみよう。迷宮《ダンジョン》に潜るようになってから、必要なアイテムはトルネさんのお店、トルネ商会にお世話になっているのだ。一部の素材を直接卸す代わりに、市場価格より若干安くアイテムを売ってもらっている。トルネさんからしても悪くない商売相手と思ってもらえてると思うので、特許契約についてのこともきっと教えてくれるだろう。

「シリウス、またこれ作って」

あっという間に平らげてしまったロゼさんが、僕の服の裾をちょんちょんと引っ張りながら上目遣いでそう言ってくる。

「そうね……言ってくれれば手伝うから、できればまた食べさせて欲しいかも……」

「わ、わたしも……何でも手伝いますから！」

「そうですね、今度一緒に作りましょうか。材料さえ揃《そろ》えば簡単に作れるので」

「できたら俺も呼んでくれよ、味見くらいはするからさ！」

「ふむん……我もまた食べたいものであるな！」

「……二人もなにか手伝ってくれてもいいんですよ？　でも皆で集まって食べるのも楽しかったし、またやりたいですね」

自分が作ったスイーツを喜んで食べてくれる友人達を見て、今度は何を作ろうかなと思案するのであった。


皆が帰った後、残った材料でいくつかクレープを追加で作る。自分の追加分とベアトリーチェさんへのお礼、そしてトルネさんへのサンプルだ。

まずはベアトリーチェさんだな。お礼と謝罪は迅速な対応が一番である。

作ったクレープを『亜空間庫《アイテムボックス》』に収納し、教官棟に向かう。

今まで教官棟には何度か来たことがあった。一階から三階に各学年の教官が在席しており、最上階ということは三階、三年生の教官であるということだ。三階に上がり教官室を見回すが、ベアトリーチェさんは見当たらない。出直そうかなと思案しているところに、ひとりの教官が話しかけてくれた。

「やぁ君、見たところ三年生ではなさそうだけど、誰かに用事かい？」

「はい、一年生のシリウスと申します。ベアトリーチェさんに会いに来たのですが」

「へぇ……約束はしているのかい？」

「今日という約束はしていませんが、いつでも来てよいと言われたもので。今日はご不在でしょうか？」

「いつでも……ほぉ……」

教官は僕のことを頭からつま先までじーっと観察し、爽やかに笑った。

「うん、多分部屋にいらっしゃると思うよ。こっちにおいで」

そう言うと教官室を出て、廊下を進んでいく。

個室なのだろうか？　そう思っていると、しばらく進んだ先に階段があった。

「この上だよ。また何か分からないことがあったら聞いてね」

そう言うと、教官は手を振りながら去っていった。

更に上の階があったのか、知らなかった。階段を上がると、リッチな装飾が施された扉が鎮座していた。

——なんとなく想定はしていたけど、このような部屋にいるということはやはり……。

ふぅと一回息を吐き出してから、扉を二回叩《たた》く。

「シリウス・アステールです。ベアトリーチェさんはいらっしゃいますか？」

数秒の沈黙の後、ドアが独りでに開いた。

「随分早かったの。入るがよい」

「失礼します」

中に入ると広い部屋が広がっており、窓際《まどぎわ》の執務机には書類をバサッと投げ出したベアトリーチェさんが座り、そして脇には黒くキッチリしたスーツに身を包んだ女性が立っていた。黒スーツの女性は初めて見る人だが、佇《たたず》まいと纏《まと》っている魔力から只者《ただもの》ではないことが分かる。ベアトリーチェさんは執務机から立ち上がり、カフェスペースっぽい椅子に座った。

「まぁ、腰を掛けよ」

「分かりました」

椅子に座ろうとすると、黒スーツのお姉さんが椅子を引いてくれた。

「あ、ありがとうございます」

「ヴィオラ、ノルドのファーストフラッシュじゃ」

「かしこまりました」

黒スーツのお姉さん、ヴィオラさんがお茶を淹《い》れはじめた。

「さてシリウスよ、今日はどうした？　寂しくなって遊びにでも来たか？」

ベアトリーチェさんがフフフと楽しそうに笑う。

「そうですね……それもあるのですが、本日は先日お世話になったお礼をお持ちしました」

「サラリと流してくるの……相変わらずの堅物じゃな。で、礼か。勿論《もちろん》面白い物であるのだろうな？」

「面白いかは分かりませんが……新しいとは思います。喜んでいただけるといいのですが」

『亜空間庫《アイテムボックス》』からクレープを取り出して机に置く。

一応お礼の品であるので、市場で買ったそこそこ良い食器に載せている。ちょうど良く、ヴィオラさんが紅茶を二つ持ってきてくれた。淹れたての紅茶の香りと出来たてのクレープの香りが合わさり、垂涎《すいぜん》ものだ。

「これは……甘味か！　まさかお主が作ったのか？」

「はい。お口に合うといいのですが」

「ふむ、いただこう」

ベアトリーチェさんがクレープを手にとって少し眺めた後、ハムッと頬張った。そして二、三回もぐもぐした後、目を瞬《またた》かせてすぐに残りをペロリと平らげてしまった。

ふぅと一息ついて紅茶を一口飲んだかと思うと、凄《すご》い勢いで迫ってきた。

「シリウスッ‼　これは何じゃ⁉　何じゃこれは⁉　妾《わらわ》も砂糖菓子をたまに食すことはあるが、これほど美味なものは初めてじゃぞ‼」

近い、顔が近い。近すぎて唾が飛んでくるくらいだ。ベアトリーチェさんの肩に手を当てて席に押し戻す。

「こ、これは、クレープという甘味です。小麦粉を薄く引き伸ばして焼いて、それで牛の乳から作ったクリームと果物を包んでいます」

「この甘くてふわふわした雲のような物が牛の乳じゃと⁉　一体どんな魔術を使ったのじゃ⁉」

「い、いえ、魔術ではなくて、普通の料理なのですが……」

「なんと……！　まぁよい！　これは、これは良《い》いものじゃ……！」

残りのクレープをムシャムシャと食べるベアトリーチェさん。時々目を瞑《つぶ》っては幸せそうな表情を浮かべている。

そうだろうそうだろう、スイーツは偉大なのだ。

そのあまりの反応を見て、無表情……を装《よそお》っているヴィオラさんがチラチラとベアトリーチェさんの胃袋に収まっていくクレープを盗み見している。

一個くらい分けてあげれば……いや、ベアトリーチェさんはクレープに釘付《くぎづ》けで全く気がついていない様子だ。唇を噛《か》み締《し》めてプルプルしているヴィオラさんが可哀想《かわいそう》だったのでトルネさんのサンプル用に作った物から一つ取り出し、ヴィオラさんにそっと差し出す。

「もしよかったらヴィオラさんもお一ついかがですか？　美味《おい》しい紅茶を淹れていただいたお礼に」

ヴィオラさんはカッと目を開いて一瞬手を伸ばしたが、すぐに引っ込めて自らの手首をギリギリと握りしめている。

「お、お気遣いありがとうございます。しかし私は従者ですので、お客様からそのような高価な物をいただくわけには参りません。お気遣いなく……」

唇を噛み締め、目に涙を溜《た》めながらそう宣言するヴィオラさん。

どう見ても無理してるじゃないですか……。

「えっと……多めに作っちゃって、食べきれなくて困っていたんです。僕を助けると思って、食べていただけませんか？」

そう言って再度差し出す。

「んあ？　いらないのなら妾が――モガッ」

差し出したクレープを摑《つか》み取ろうとしたベアトリーチェさんの口に、残っているクレープを一つ突っ込む。ベアトリーチェさんはそれをハムハムと頰張りながら再度トリップしていった。

「くっ……。そ、そこまでおっしゃるのでしたら……ち、頂戴いたします……」

葛藤の末、ヴィオラさんがクレープを受け取ってくれた。それを一口食べると、ベアトリーチェさんと同様に目を瞑ってトリップしてしまった。

我慢は身の毒だからね、うん。

「シリウス様……。先程は失礼いたしました。非常に美味でした、ありがとうございます」

若干顔を赤らめながら、綺麗《きれい》な姿勢で頭を下げるヴィオラさん。キリッとした表情作ってますけど、もう色々手遅れだと思います……。

「うむ、素晴らしい甘味じゃった……妾は満足じゃ」

幸せそうな顔をしているベアトリーチェさん。こうしているとただの可愛《かわい》い幼女なんだけどなぁ。

「また近い内に差し入れてくれることを信じておるぞ？」

……こうやって黒い微笑をしなければね。

■

「いらっしゃいませ——あら、シリウス君いらっしゃい！」

「こんにちは、ネネさん。トルネさんはいらっしゃいますか？」

僕はベアトリーチェさんにお礼を渡した足で、トルネ商会に来ていた。

「いるわよ、ちょっと待ってね。あなたー！　シリウス君が来てるわよ！」

すぐに店の奥から、ふくよかな体型の商人、トルネさんが出てきた。

「おぉシリウスはん、いらっしゃい！　どないしました？」

「実はトルネさんに教えていただきたいことがあって来たのですが、少しお時間いただくことはできますか？」

「勿論ですわ！　じゃあ奥で話しましょか」

バイトの若い子と店番を交代したネネさんと一緒に、奥の部屋に案内される。

トルネさんと向かい合ってソファに座り、ネネさんがお茶を出してくれる。

「ありがとうございます」

「いえいえー」

うん、相変わらず美味しいお茶だ。

「それで、どのような話でっしゃろ？」

「特許契約について教えてほしいんです」

「ほぉ、特許契約でっか……何か面白いものでも作らはったので？」

「えーっと、今日甘味を作ったのですが、友達に食べさせたところレシピを特許契約すれば売れるのではないかと言われたのです。ただ、そもそも特許契約に関する知識がなくて、トルネさんなら詳しいかなと思いまして」

「レシピでっか。確かに、良いレシピなら飲食店や貴族に売れることもありますな……。特許契約というのは、商業ギルドが契約魔術で発明者の権利を守ってくれる制度や。契約料は必要やけど、発明品は十年間は発明者が独占販売できるようになるんですわ。勿論、特許期間中に他の店にレシピを販売するのは大丈夫や。勝手に模倣したり契約魔術を破った者がおったら商業ギルドが分かるようになってってすぐに逮捕されるさかい、破る愚か者はおりまへんな」

「なるほどです。もし売れそうなら特許契約してレシピを売るか製造販売を委託するかって感じになりそうですね……。トルネさん、もしよかったら試食していただけませんか？歴戦の商人の方から見て、売れるかどうか判断してほしいんです」

「勿論ですわ！　わいも気になるさかい！」

『亜空間庫《アイテムボックス》』からクレープを取り出してテーブルの上に置く。

ほう、と目を瞬《またた》かせてトルネさんがクレープを手に取ってマジマジと観察する。そしてぱくりと一口食べると、バッと顔を上げた。

「シ、シリウスふぁん‼　ほれっ⁉」

「ちょ、ちょっと落ち着いてください！」

口にクレープを含んだまま捲《まく》し立てるトルネさんにお茶を手渡す。クレープを飲み込んだトルネさんが凄《すさ》まじい形相で迫ってくる。

「シリウスはん、これは『砂糖』を使ってはりますね？　こんな高級な素材どこで手に入れたんで？　しかもこのふわふわした甘い泡……ベリーとバナヌの甘酸《あまず》っぱさもたまりまへんが、他の果物と合わせても良さそうやし、これは売れまっせ‼」

「ちなみに、具はしょっぱいものにすれば軽食にもなりますし、色々なバリエーションで売れるかと思っています」

「す、素晴らしい……素晴らしいでシリウスはん……。ち、ちなみにこれ、わいの商会にも売ってくれたり……」

「実はそこもご相談したかったのですが……この『クレープ』の製造・販売をトルネ商会

に委託することってできませんか？　例えば、最初は屋台で販売してみて、行けそうなら喫茶店を開いてそこで提供しても売れるんじゃないかなって思うのですが」

「き、喫茶店ってなんでっしゃろ……？」

そういえばこの国にはコーヒーが普及していないし、カフェって言うのは少し違うかも知れないな。

「喫茶店は、お茶を飲んだり軽食を食べたりするお店です。クレープは恐らく甘い物が好きな女性がメインターゲットになります。気軽に歩きながら食べられる屋台もいいですが、歩き食いがはしたないと思う女性も多くいると思います。女性が気軽に入りやすい飲食店って意外と少ないですし、女性をターゲットにしたクレープやサンドイッチのような軽食と紅茶を提供する飲食店はニーズがあると思うんですが……どうでしょうか？」

トルネさんの目が点になって、口をあんぐりと開けている。ついつい前世の癖で営業トークしちゃったけど、いきなりこんなこと言われても困るよね……。

「も、勿論まずは簡単に販売できる屋台で売ってみて、売れそうなら……で良いと思うのですが……」

トルネさんが下を向いてふるふると震えている。

え、怒らせちゃった……？

「いや……」

「いや？」

「いや、今すぐ喫茶店事業に着手すべきや！　す、素晴らしいでシリウスはん！　是非、クレープの販売を任せてくれまへんか⁉」

トルネさんは凄まじいテンションで紙に計画案を書き出しはじめた。

「えっ⁉　本当ですか……？」

「大マジや‼　早速今から特許契約書を作成していきまひょ！　勿論《もちろん》わいが作成しますさかい！」

「ありがとうございます！　よろしくお願いします」

「わいの方こそ、これからよろしゅうお願いしますわ」

トルネさんと固い握手を交わし、クレープの販売の計画が開始した。

「さて、特許契約についてやけど、クレープ、生クリーム、遠心分離機、喫茶店やな。まさかバターを作る過程から生クリームが出来るとは思いまへんでしたで……。あとは砂糖の製造法をシリウスはんが売ってくれたのは物凄《ものすご》く大きいなぁ。特許期間が切れてるのに材料も製造方法も誰も分からんかったさかい、未《いま》だにあのケチくさいシュガー商会が独占してますよって。歴史が変わると言っても過言ではないで！」

トルネ商会が低価格で砂糖を販売するようになれば、一般家庭でも砂糖が使えるようになって生活がより豊かになるはずだ。シュガー商会には申し訳ないけど、もう沢山儲《もう》けただろうから許して欲しい。

「あ、喫茶店をやるならフレーバーティーもいいかも知れませんね」

「フレーバーティー……？」

あまりの興奮にトルネさんの鼻の穴がドンドン広がっていく。

「紅茶の葉っぱにドライフルーツや果物の皮を入れたものです。紅茶に果物の香りがつくので、女性に喜ばれると思います」

「それ絶対売れる奴《やつ》や‼　それも特許契約やな！」

トルネさんがガシガシと特許契約書を書き上げていく。

「しっかしシリウスはんのその発想力、素晴らしいですな。もしまた良《い》いものを思いついたら相談してもらえますやろか？　全力でお手伝いさせてもらいますさかい！」

「ええ、勿論です。僕も思いついただけでは実際に販売まで持っていけませんから、トルネさんがいてくれて本当に助かりました。ありがとうございます」

「いやいや、わいの方こそほんまに感謝しかありまへんわ……！」

トルネ商会で計画を詰めた後、トルネさんに連れられて商業ギルドを訪れていた。ひと目で儲かってるなと分かるような大きな建物だ。

紹介者のトルネさんがランクA商人であるため、僕の紹介とギルド登録、特許契約まで、非常にスムーズに進んだ。ランクはFからスタートだったが複数の特許契約を結び、更にそれをその場でトルネさんと利用契約したため、すぐに商人ランクDまで引き上げられた。

今後は販売額、僕の場合は特許物を委託した業者から得られる金額によって、ランクが上がっていくらしい。トルネさんによると喫茶店事業が軌道に乗ればすぐにランクBに上がれるのではとのことであった。

僕の取った特許物のトルネ商会での製造販売権利の申請も同時に行い、契約上の準備はあっという間に完了した。トルネさんは特許権利の利用料として特許物一つあたり三百万ゴールドの合計千五百万ゴールド、加えて販売売上の一割を支払ってくれるという。流石《さすが》に貰《もら》い過ぎだと言ったのだが、商人としてこれは譲れないと言うので結局受け取ることにした。ただそれでは申し訳なかったため、喫茶店開店の初期費用にでもと一千万ゴールドを投資させてもらった。成功したら絶対利子つけて返すと言われてしまったが、まぁ戻ってきたらラッキーくらいに考えておこう。お金を貸す時は戻ってこないものと考えないとね。

この喫茶店計画がこれからどう形になるのか、楽しみだ。

　学園祭、それはリア充がキャッキャウフフするイベントである。少なくとも前世ではそうであったと認識している。前世では僕は友達の展示に顔を出して、いくつか目ぼしい屋台で食べ物を物色したらすぐに帰宅していた。正直、良い思い出も悪い思い出もない。良くも悪くも興味があまりないイベントであった。そのため冒険者学校の学園祭もそんなもんだろうなと、どこか他人事《ひとごと》に思っていた。先程までは……。

「さて、知っていると思うが我が国の冒険者学校の学園祭での目玉イベント、武道祭が近づいてきた」

　いや知らないです……。と心の中で思いつつ、恐らく武術の勝ち抜き戦のようなイベントなんだろうと当たりをつける。

　周りを見ると各々《おのおの》闘志を瞳に宿しており、一人だけ置いていかれている感が半端《はんぱ》ない。

　……いや、アリアさんはどちらかというとアワアワしているな。

「教官、武道祭とはなんでしょうか？」

自分の予想が大体当たっているだろうとは思いつつも、念の為《ため》にディアッカ教官へ質問をする。

「ぬ、シリウス知らなかったのか？　武道祭とは全学年混合で勝ち抜き戦を行う祭りだ。この戦いはそのまま学園対抗戦の予選になっている。各学年の最上位者がチームを組み、後の学園対抗戦の代表者となるのだ」

学校内でのイベントというだけでなく、学園対抗戦の予選でもあるのか。しかも各学年から確実に一人は出場決定と。目立ちたくもないし参加する気がない僕には関係ないかな。

「それは自由参加ですよね？」

一応追って質問をすると、ディアッカ教官は眉を顰《ひそ》めた。

「自由参加ではあるが……シリウスは参加するだろう？」

「いや、しないつもりですが」

ディアッカ教官が呆《あき》れた表情で口を開こうとした瞬間、ふいにロゼさんが立ち上がり、僕の頬を両手で挟み思い切りガンをつけてきた。

いや待って、顔近い。

「シリウス、何を言ってるの？　あなたの出場は確定事項」

ロゼさんや、あなた僕に対する殺意が高すぎませんか？

「シリウス殿は勿論参加ですな。我と筋肉を共鳴させねばならないですしな！」

「シ、シリウス君なら優勝できると思います……」

「シリウスが出ないとつまらないじゃない」

僕のクラスメイトはライバルが減ってラッキーっていう感情はないのだろうか。皆揃《みんなそろ》って好戦的すぎる。

「うむ。確定事項……とまでは言わないが、一学年の成績最優秀者が出場しないというのは一般的にはありえないな」

そうなのだ、この間あった中間成績発表でなぜか僕が最優秀者になってしまったのだ。しかもこの学校は成績上位者を晒《さら》していくスタイルの学校であったため、一学年の間で凄《すご》く目立ってしまっている。廊下を歩いていたり学食に行ったりするとチラチラとこちらを窺《うかが》う目線とコソコソ話が聞こえてくる。きっとあんなガキが……みたいな感じで噂《うわさ》されてるのだろう。想像すると、悲しくなってきた。

「ということで、一応全員にエントリー用紙を配っておくぞ。参加する者は放課後に教官棟のボックスに投函《とうかん》するように」

そう言うとディアッカ教官はさっさと教室を出ていってしまった。

用紙を受け取ると、ロゼさん、エアさん、ムスケル、ランスロットはすぐに書き込みをはじめていた。

「アリアさんは参加しないんですか？」

仲間を見つけたとアリアさんに話しかける。

「私は戦いはあまり得意じゃないので、医療班に参加しようかなって思ってます」

アリアさんは教官から別の用紙を受け取っていたようで、そちらの記入をはじめた。どうしたものかと思案していると、後ろから突然肩を摑《つか》まれた。

「シリウス、用紙持っていってあげる。今書いちゃって」

ロゼさんが有無を言わさないオーラを纏《まと》いながらそう言い放つ。

「えっと、寮で考えてから書こうかなー……なんて……」

「今、書いて」

「……分かりました」

ロゼさんの視線に負け、渋々とエントリー用紙に記入する。

可愛《かわい》い女の子にここまで真剣な目で戦いを所望されて断れるはずがなかった。

■

学園祭に向けて学内が慌ただしい中、突如国王から魔王が発生したとの発表があった。各クラスに教官からの通達があり、学内はにわかにざわついていた。

また武道祭上位者は魔族との戦闘での活躍を期待しているという実質的な徴兵宣言も出されており、教官は苦い顔でそれを皆に伝えていた。

「魔王……怖いですね……」

アリアさんが震えている。ついでに大きな二つの果実もふるふると揺れており、僕はふいと目を逸《そ》らした。

「今までの魔王の発生周期から考えると妥当。多分、これから数年間は戦争になる」

「数年前に突然ゴブリンキングの発生が確認されたっつう噂もあったし、少し前から魔王が発生したんじゃないかって話をしてる冒険者も多かったなー」

ロゼさんとランスロットは予想していたのか、思ったよりも冷静である。

ていうかそのゴブリンキング、うちの村に出たやつだよな……。

「そういえばアルトリアが各国に魔王討伐同盟を打診しているそうですね。更に【勇者】と【シングルナンバー】を招集しているって話も聞きました」

「【シングルナンバー】って、各国に散らばっているのに集まるのかしら？」

「三人も招集に応じればマシな方だろうって言われてますね……」

魔族や魔王に対して非常に効果的な『神聖武器』と『神聖魔術』を扱うことのできる者達は【勇者】と呼ばれている。勇者は来るべき時に選定され、勇者に選ばれると手の甲に神聖文字が浮かび上がるそうだ。現在聖槍《せいそう》と聖杖《せいじょう》の勇者は判明しているのだが、聖剣と聖弓《せいきゅう》については未《いま》だ使い手が判明していないらしい。

また【シングルナンバー】とは、冒険者ギルド序列の上位一桁の精鋭達のことである。【勇者】を除き、人族領内では最強の九人だと言われている。

「うむ、父上にも同盟の打診が来たと聞いたであるな。しかしおかしなことにその内容が、魔王討伐のために魔人族領に攻め込む兵力を貸してほしいという話であったのである」

「何もおかしなことはないいんじゃないのか？　魔人族の王が魔王なんだろ？」

ランスロットがムスケルに問いかける。

が、待ってくれ……。その前に今、もっとおかしな情報が混ざっていなかったか？

「ち、ちょっと待ってください……。なんでムスケルの家に同盟の打診が来ているんですか？」

「ムスケルはアブドミナル王国の王子。知らなかったの？」

なぜ知らないのかとばかりにロゼさんが首をかしげる。皆も僕が知らなかったことに驚いている様子だ。まず、アブドミナル王国ってどこ……？

むしろなんで皆知ってるの⁉　有名なの⁉　衝撃の事実すぎるよ‼　こんなムキムキの王子嫌だよ⁉

チラとムスケルに視線を向けると、マッスルポーズを取りながら爽やかなドヤ顔でこちらを見ていた。やめろ。

「むふん。まぁ我が何者であろうが、シリウス殿の友であることには変わりはないのである。ちなみにランスロット殿の質問についてであるが……確かに魔人族の王が魔王であるという噂はよく耳にするのであるな。しかし実際は、魔人族の王と魔王は別物なのである」

「そうなのか？　だがアルトリアが魔人族領に攻め入るってことは、やっぱり関係があるって確信してるからじゃないのか？」

「そこが解《げ》せないのである……。現在魔人族と人族の国交は完全に途絶えているのであるが、魔人族は人族のような文化を持つ普通の人間のはずである。魔族、そして魔王とはそもそも別物の存在のはずなのである。言うなれば獣系の魔物を討伐するために獣人族領に攻め込む、というのと同じくらいおかしな話なのである」

「じゃあなんで巷《ちまた》では魔人族と魔王が関係してるって噂になってんだ？」

「それは分からぬである……。人族の国では、魔人族に手を出すことは禁忌であるからな。

以前、魔人族に戦争を仕掛けて滅ぼされた国があったのである。その恐怖と、魔人族と魔族という言葉の響きの近さから誤った情報が有衆に広まったのではないだろうか？　実際、魔人族は人族に比べて個々の力が非常に強力な種族なのである。人口は少なくこちらから手を出さない限りは向こうは国境を越えてこないため、どの国も魔人族へちょっかいを出すのは禁じられているのである。これは人族の王族間では共通認識であるし、アルトリア王も十分承知のはずであるが……」

人族の国の間ではタブー視されている魔人族に、なぜか我が国は戦争を仕掛けようとしているということか。

「でもそれでは、どの国も力を貸してくれないのではないですか？」

「アルトリア王国以外からの同盟打診であればそうだったのであろうが……人族国の中で最大の国であるアルトリア王国からの同盟を拒絶できる国があるか、ということであるな」

確かに小国からしたら同盟を拒絶した場合、魔人族の前に自分の国が滅ぼされるかも知れないと恐れるはずだ。

「前回の魔王発生時の記録によると、魔王の居場所は簡単には掴めないから魔族との小競《こぜ》り合いが数年間続いていたはず。どこに魔族が現れるのか分からないのに、魔王発生発表と同時に兵力を一国に集めようとするのは不可解」

各国への同盟打診と戦力の集結。

そして集めた戦力で、魔王とは無関係と思われる魔人族領へ攻め込む計画。

こう考えてみると凄《すさ》まじくきな臭いなぁ……。学生である僕らにはどうしようもない話ではあるのだけど。

■

小雨《こさめ》が降る中、セントラル迷宮《ダンジョン》に行こうと寮を出て街を歩く。

この世界では傘はあまりメジャーではなく、撥水《はっすい》性の高いフォレストフロッグの皮で出来たレインコートが主流であった。僕も例に漏れずフォレストフロッグのレインコートを着込み、街を歩いていた。ちなみに貴族は馬車や竜車で移動するため、雨具が不要であるそうだ。

しとしとと雨の降る早朝。人通りはなく、ぱしゃぱしゃと水を蹴る自分の足音だけが街に響いていた。

目的地に近づいてきたところで、裏路地に気になる魔力反応を感知した。

視認していないので断言はできないが、誰かが複数人に追いかけられ、攻撃を受けているように思える。取り越し苦労ならそれで良《い》い。念の為《ため》フードを目深《まぶか》に被《かぶ》り、裏路地に向かって疾走した。

路地裏に入ると、ボロボロになった元は高級であろう衣服に身を包んだ少女が、黒服のいかにも怪しげな集団に捕まりそうになっている瞬間が目に入った。黒服の手にはナイフが握られており、少女の命を刈り取ろうとしているようにしか見えない。

ここへ来るまでは事情を聞こうとか考えていたがそんなことは頭から消え去り、考えるよりも疾《はや》く少女に追いすがる黒服に夜一《ヨイチ》を叩《たた》きつけていた。

「ガハッ⁉」

黒服は壁に叩きつけられピクリとも動かなくなった。

やべ……。死ぬほどの威力では殴っていないはずだけど、大丈夫だよね……？　冷や汗が背中を伝う中、唐突に仲間がやられたことで警戒したのか黒服達が少し離れた場所で動きを止める。

現場には先程伸《の》した相手を含め、五人の黒服がいた。僕は少女を背に庇《かば》い、黒服に相対する。

「すみません。どうにもあの方々とお友達ではなさそうだったので、事情も知らず咄嗟《とっさ》に手を出してしまいました」

黒服からは目を逸《そ》らさずに後ろの少女に話しかける。少女が息を呑《の》む気配がした。

「あ、あなたは……いえ、助かりました、ありがとうございます。あなたがいらっしゃらなかったら私は死んでいたでしょう……」

「貴様、何者だ？　……いや、何者でも関係ない。我々の邪魔をすると死ぬぞ？　そこの女を置いて行けば命だけは助けてやる」

仲間が一人やられているのにも拘《かか》わらず強気な姿勢の黒服。残った四人とも隙なくナイフを構えており、ただの雑魚《ざこ》ではないことが窺《うかが》えた。

「この少女をどうするつもりですか？」

「……貴様には関係ない。死ぬか去るか、どちらか選べ」

話を聞かない人だな……。少女を連れて逃げるのは簡単だけど、後にこの人達に殺されるという危険性もあるのでここで全員片付けた方がいいな。

「その二択は承服しかねます……ね‼」

『雷光付与《ライトニングオーラ》』によって雷を身に纏い、黒服達に斬りかかる。黒服達は攻撃に全く反応できておらずリーダーっぽい男を除き、一瞬で全員壁にめり込んだ。弱すぎる。

　リーダーっぽい男だけは両手両足の骨を砕くに留《とど》め、首元に夜一《ヨイチ》の刃を当てた。両手両足の骨が砕けているため蹲《うずくま》ることもできず、男はうつ伏せで地面にへばりついている。

「首と胴を切り離されたくなければ動かないでください」

　もう魔術以外は何もできないとは思うが、念の為に脅しておく。

　仮に魔術を放たれてもこの距離なら発動前に殴って止められるので問題ないのだが。

「あがぁっ……。あ、な、なな……」

　男はピクピクと震えながら涎《よだれ》を垂れ流していたが、お構いなしに問いかける。

「あなた達は何者ですか？　なぜ少女の命を狙っていたんですか？」

「き、きざまぁっ‼　こんなことしてただで済むと思っているのか⁉　我らは王国からの依頼でそこの女を連れ戻そうとしていたのだぞ‼　国家反逆罪で死刑だ‼」

「国の依頼……連れ戻す……？　ナイフで命を刈り取ってからですか？」

「ぎ、ぎざまには関係ないッ‼　まだ間に合うぞ⁉　そごの女を殺して置いていけば、きざまの国家反逆は見逃してやる‼　国に追われたくはないだろう⁉」

「まだ立場が分かってないようですね。目撃者が全員いなくなれば、全てはなかったことになるのですよ？」

　男に向けて気力を放ち威圧をする。満身創痍《まんしんそうい》でろくに抵抗できない男は威圧を受け、ズボンを濡《ぬ》らしてしまった。

「あばばばば……　ず、ずびまぜん‼　ずみばぜん‼　ころざないでぐだざい‼」

「ひッ⁉」

やべ、後ろの子にも余波が行っちゃったかな……？　恐る恐る後ろを振り向くと、少女は震えながら頬を赤らめ恍惚《こうこつ》とした表情を浮かべていた。

……僕は何も見ていない、何も見ていないぞ。

すぐに男の方に目線を戻し、尋問を再開する。

「で、王国の誰からの依頼で、なぜこの少女を殺そうとしたのですか？」

「こ、国王だ‼　そこの女が国王の命を狙っているのが判明して逃げ出したから、生死を問わずに捕まえてくれって！　国王からの依頼だと言われたんだ‼」

国王……それが本当だとしたら厄介極まりない話だが……。国王を殺そうとしたと黒服が言う少女にチラと視線を向ける。少女は悔しそうに唇を噛《か》み、俯《うつむ》いていた。

うーん、どうもきな臭いな。

仮に国王の命を狙ったとして、こんな暗殺者みたいな奴《やつ》にその始末を頼むか？　普通は指名手配して、衛兵が捕まえると思うのだが。

ん……？　そういえば、依頼だと言われたって……。

「国王からの依頼だと、誰から言われたんですか？」

「さ、宰相だ!!」

「なるほど……。ご協力ありがとうございます。とりあえず、眠っていてください」

これ以上情報は出てこないだろうと判断し、男のうなじを殴打《おうだ》して気絶させた。


「大丈夫ですか？」

地面に座り込み俯いている少女に手を差し伸べる。

「あ、あの……。ありがとう……ございます……」

少女は俯きながら僕の手を摑《つか》んで立ち上がった。

「貴方《あなた》様は……何者なのでしょうか……？」

俯いたままおずおずと少女が問いかけてくる。まだ少し頰が赤らんでいるように見える。

「僕は、ランクA冒険者のシリウスです。貴女《あなた》の話を聞かせていただいてもよろしいですか？」

「その年齢でランクA……？　でも、そのギルドカードは本物ですし……」

僕の回答に少女は驚愕《きょうがく》の表情を浮かべ、思案するようにぼそぼそと何かを呟《つぶや》いている。

「……シリウス様、命を助けていただき誠にありがとうございました。私はシャーロット・エル・アルトリア。アルトリア王国の……第三王女です」

少女は堂々と名乗りを上げ、まっすぐに僕の瞳を見つめていた。

王女を名乗る少女をよく見ると、雪のように透き通るような白い肌と潤んでキラキラと光る大きな瞳を持っていた。お姫様ですと言われても納得できる、言われなくても一目見ればお姫様だとすぐに分かるほどの美少女がそこにいた。黒服から逃走しているときについた汚れや傷ですら、その美しさを際立《きわだ》たせるアクセントに思えるほどであった。

「シリウス様、どうか、どうか我が国を助けていただけないでしょうか……！」

僕の手を握り、真剣な表情で問いかけてくるシャーロット王女。その瞳には薄《う》っすらと涙が浮かんでいた。

「え、えっと……国を助けるとは……？　彼はああ言っていましたが、一体何があったのですか？」

表情を引き締め、シャーロット王女は口を開いた。

「我が国……いえ、我が父アルトリア王は、何者かに操られています。父を止めなければ我が国は、大変なことになってしまいます」

「国王が操られている……？　それで命を奪おうと？」

「そ、そんなことはしておりません！　私は父の状態を確認するために、昨日父の部屋へ立ち入っただけです！　すると朝方、私の寝室に武器を携えた暗部の者達が押し入ってきたのです。部屋への侵入者を感知する魔道具を身に付けていたためすぐに気づき、城から脱出することはできたのですが……結局追いつかれて、今に至ります……」

なるほど……。確かに魔人族領への侵攻の話といい、国王が操られているというのは確かにシックリ来る。だが、一国の王がそんな簡単に操られるものなのだろうか。

「集中して魔力を探ると、父からは仄《ほの》かに闇魔術の残滓《ざんし》が感じられました。恐らく精神支配系の魔術で操られているのだと思います……。でなければあのような、国を滅ぼすようなことはしません！」

「魔人族領への侵攻、ですね」

シャーロット王女が軽く目を瞠《みは》った。

「ご存知でしたか……!?　そこでシリウス様にお願いしたいことがあるのです」

「僕にできることでしたら……」

「私の護衛になってくださいませんか？」

「護衛……ですか？」

「はい、私はこのまま王城に戻るつもりです。国を、父をこのまま放っておくわけにはいきません。王城で私とシリウス様で父を操っている者を探すのです」

「……僕にそのようなことができるとお思いで？」

「ええ、思います。私もただ王族の血を継いでいるだけではありませんの。シリウス様の魔術素養の高さが、王家一の魔力を持つと言われる私をも遥《はる》かに凌駕《りょうが》していることくらい一目で分かりますわ。シリウス様の魔力感知が優れていたからこそ私の命はまだ潰《つい》えていないのですしね」

「買いかぶりです……が、承知いたしました。助力させていただきます」

ここまで知って放っておけるはずがない。恭《うやうや》しく跪《ひざまず》き、シャーロット王女に笑みを向けた。シャーロット王女は顔を赤らめながら微笑《ほほえ》み、僕の手をそっと取った。

「ひっ、姫様⁉　い、いったいなぜ外から⁉　こ、この男は……？」

堂々と王城の正門からシャーロット王女とともに入ろうとすると、門番が目ん玉をひん剝《む》いて上司を呼びに走っていった。門番が連れてきたのは女性の騎士団長であった。

「姫様‼　いつの間に外出をされていたのですか⁉」

「寝室に暗殺者が侵入してきたので外に逃げ出したのです。そこで私を助けてくださったのがこちらのシリウス様です。また暗殺者から狙われる恐れがあったため護衛として雇いました」

「冒険者のシリウスと申します」

名乗りを上げ、一礼する。こんな子どもがと言いたげに、騎士団長は驚愕の表情を浮かべる。

「な⁉　お、王城に暗殺者ですと⁉　そ、その者達は……？」

「こちらのシリウス様が全員倒してくださいました」

「で、ではすぐに確保して尋問を！」

「そ、それは……咄嗟《とっさ》のことだったのでシリウス様も手加減できずに、全員消し炭になってしまいました」

ちょ⁉　言い訳‼　もうちょっといいのなかった⁉

秘密裏に首謀者を見つけ出して片付けるために、大事にしないよう暗殺者達は縛って人が滅多に来ない裏路地に放置しておいた。捕まえたなんて言って連れてきて口封じに全員殺されても後味が悪い。

しかし勿論《もちろん》そんな事情を知らない騎士団長は胡乱《うろん》気な目をこちらに向けてくる。

「……私が駆けつけた頃には王女殿下が囲まれ斬りかかられるところでありました故……。王女殿下の命を優先し、確実に賊の命を奪うことが可能な魔術を行使いたしました」

「そ、そうでしたか……。シリウス殿、姫様をお助けいただいたうえ無事に送り届けていただき、誠にありがとうございました。あとは私が命に代えてもお守りいたします。報酬は後日、ということでよろしいでしょうか？」

「リィン、勝手に何を言っているの？　シリウス様は本日から私の護衛に任命します」

「なっ⁉　姫様お待ちください‼　確かにシリウス様は姫様の命の恩人です。しかし男性を護衛として身近に置くのは問題が……」

「私の命が失われること以上に問題なことなどありますか？」

「う、うぐぅ……しかし、私が‼」

　リィン騎士団長がキッとこちらを睨《にら》む。

　僕のせいじゃないんですが……。

「王城への暗殺者の侵入という今回の不始末の責任は、解決後に必ず私が取ります。首を差し出しても構いません。ですのでどうか、どうか私に護《まも》らせていただけないでしょうか？」

　騎士団長がシャーロット王女に跪き、頭《こうべ》を垂れる。手を固く握りしめ、震えている。責任感の強い良《い》い人だ。

「頭を上げなさい、リィン。貴女を責めるつもりはありません。ですが、誰がどう言おうと、シリウス様を護衛とすることは確定事項です。これは必要なことなのです」

リィン騎士団長がピクリと肩を震わせた。頭を上げシャーロット王女の目を見つめ、そして立ち上がり僕の目を鋭く見据える。

「必要なこと、ですか。私は剣を振るうことしかできない無骨者です。きっと姫様にはまた深いお考えがおありなのでしょうね……。シリウス殿、貴殿は姫様を護り切れるのか？」

リィン騎士団長は僕の瞳を見つめたまま、不意に気力の塊をぶつけてきた。

凄《すさ》まじい威圧感に思わず後ずさりそうになるも、その場で耐える。これは母さん以上の威圧感だぞ……。騎士団長の地位は伊達《だて》ではなく、今まで出会った剣士の中でも最強格であることが感じられる。

しかし僕も伊達に母さんと鍛錬をし続けていたわけではない。直接斬り結べば瞬殺されるだろうが、威圧程度で怯《ひる》む鍛え方はしていない。こちらも気力を放ち、リィン騎士団長の気力にぶつけ返す。

暫《しばら》くするとリィン騎士団長は軽く息を吐き、威圧を解いた。

「ただの子どもではない、ということですか……」

「騎士団長殿には到底及ばない腕ではありますが、王女殿下の命はこの身命を賭《と》してお護りする所存です」

リィン騎士団長に向けて深く頭を下げる。

「シリウス殿、頭を上げてください。姫様を何卒《なにとぞ》よろしくお願いいたします」

　リィン騎士団長は、真剣な表情で僕に頭を下げた。

「まさかリィンの威圧を受けても動じないとは、流石《さすが》シリウス様ですわ」

　王城の廊下を歩きながら、シャーロット王女は嬉《うれ》しそうに微笑んでいた。

「いえ、威圧はなんとか耐えられましたが、実力は隔絶していたと思います……。あの方が操られていたら僕の方が消し炭にされていましたね」

「ふふふ、そうですわね。リィンは白騎士団の団長でありながら【シングルナンバー】で【剣聖】の二つ名を持っているんですの。この国でも一、二位を争う実力者ですわ。脳筋なのが玉に瑕《きず》ですけど」

　……どうりで凄まじい力を持っているはずだ。彼女が【シングルナンバー】と言われても何ら違和感はなかった。

「ッ⁉」

　廊下を進んでいると、その先から闇属性の魔力が僅かに漂ってくるのを感知した。警戒しつつ進むと、笑みをたたえた五十代くらいの男性が歩いてきていた。

「おぉ、これは王女殿下！　ご無事で何よりです。暗殺者が出たと報告を聞いた時は心臓が止まるかと思いましたぞ」

「ヴェルデリッヒ、心配をかけましたね」

「いえいえ、姫様がご無事でいらっしゃって本当によかった。……ところでそちらの少年は？」

「こちらはシリウス様、この度私の護衛に任命しました」

「シリウスと申します」

「こちらはヴェルデリッヒ、我が国の宰相です」

一礼しつつ、即座にヴェルデリッヒを『解析』する。


スキル『解析』により、対象の状態を確認しました。状態異常『魅了《チャーム》』

概《おお》ね想定通りだな……。平静を装《よそお》いつつ臨戦態勢をとる。

「ほう、護衛……ですか。シリウス殿、王女殿下をよろしく頼みますぞ、ハッハッ」

口では笑っているが目は全く笑っていない。僕の肩をポンポンと叩《たた》くヴィルデリッヒ宰相に作り笑いを返す。

「国王陛下も王女殿下がご無事で安心しておられましたな。王女殿下の無事な姿をひと目見たいと国王陛下がおっしゃっておられましたぞ。勿論、シリウス殿もご一緒にいかがかな？」

瞳の奥に鈍く暗い光を灯《とも》すヴェルデリッヒ宰相に対し、シャーロット王女は一歩も引かずに答えた。

「分かりましたわ。今すぐに参りましょう」

ヴェルデリッヒ宰相は眉をピクリと動かし、怖いくらいの笑みをたたえた。

「そうですか、かしこまりました。では、参りましょうか」

ヴィルデリッヒ宰相に続き、廊下を歩いていく。

空気の層を作って特定の相手にのみ声を届ける風魔術『風話』でシャーロット王女に報告をする。『風話』は一方通行なのが玉に瑕だが、非常に便利な魔術だ。音を遮って会話を可能とする魔術もあるが、魔力をほとんど使わずに感知されにくい『風話』をチョイスした。

「私の能力で調べたところ、ヴィルデリッヒ宰相は魅了状態でした。やはりこの王城のどこかに、国の上層部を操っている者がいそうです」

シャーロット王女は一瞬だけ目を瞠りこちらを見たが、すぐに平静に戻った。

それにしても、空気が澱《よど》んでいる……。まるで迷宮《ダンジョン》の中にいるみたいだ。しかも、なんらかの力によって魔術が阻害されているようで、魔力感知の範囲がかなり狭くなっていることも不安に拍車をかける。

ゆっくりと進んでいくと、突如背筋が泡立つような感覚に襲われた。それに遅れて、大量の闇属性の魔力が魔力感知にひっかかる。

闇属性の魔力が漏れ出る豪華な扉は、まるで地獄の釜の蓋のように見えた。

「玉座の間につきましたな。国王陛下がお待ちになっております、お入りください。おっと、申し訳ございませんが武器は持ち込めませんので、こちらで回収させていただきますよ」

シャーロット王女が何かを言おうとしたが、それを僕が制する。何かあったとしても武器はないと油断させておいた方が良いだろう。

「かしこまりました」

入口に立っている兵士に、腰に佩《は》いていた夜一《ヨイチ》を渡す。こんなこともあろうかと、王城に入る前に雷薙《ライナギ》は『亜空間庫《アイテムボックス》』に収納済みだ。

武器を渡す僕を見てヴェルデリッヒ宰相は満足そうに頷《うなず》き、キィと扉を開いた。魔力感知で感じてはいたが、扉を開いたことにより溢《あふ》れ出す闇属性の魔力に思わず目を細めてしまう。シャーロット王女も気づいているようで唇を噛《か》み、顔を歪《ゆが》めていた。

　玉座には男性が一人座っており、その脇にメイド服の女性が一人、そして玉座へ延びる絨毯《じゅうたん》の脇には鎧《よろい》姿の騎士が立ち並んでいた。そして姿は見えないが、『物理探知』で天井裏にも何人か潜んでいることが窺《うかが》える。

　周囲を見回し、軽く『解析』をかけていく。

　国王陛下も含め見事に皆魅了状態であったが、一人だけ洗脳状態ではない者がいた。その一人を詳しく『解析』したところで、緊張が走った。


対象の隠蔽状態の【種族】解析に成功しました。【種族】サキュバス

　……このメイドさん、魔族じゃないか。『隠蔽』しているが、保有する魔力の量も質も非常に高水準である。男性を『魅了《チャーム》』して操っているのは、この魔族だろう。シャーロット王女やリィン騎士団長を洗脳していないところを見ると、男性にしか効かないスキルなのかも知れない。

　メイドサキュバスは地味な化粧をしているが妖艶《ようえん》さを漂わせており、また性的な魅力が溢れる身体《からだ》をしていた。

　……これは『魅了《チャーム》』されますわな……。思わず目線が釘付《くぎづ》けになりそうになったが、軽

く頭を振って冷静さを取り戻す。

しかも何故《なぜ》か隣のシャーロット王女から凄まじい威圧感を感じており、冷や汗が背中を伝っていた。何もやましいことはしていない、魅了されそうになんてなっていないデスヨ？　心の中で無駄に言い訳をしつつ玉座の前まで進み、頭を垂れる。

「そなたがシャーロットを救ってくれたという者か。名をなんと申す」

「はっ。シリウス・アステールと申します」

「……アステール？」

後ろからシャーロット王女の呟《つぶや》きが聞こえた。あれ、言ってなかったっけ？

「ふむ、シリウスよ。よくぞ我が娘を救ってくれた、礼を言おう」

「身に余るお言葉でございます」

「ついては、そなたに褒美《ほうび》を遣わす。こちらへ参れ」

国王陛下の前に進み出る。隣の騎士が、立ち上がった国王陛下に豪華な装飾が施された剣を手渡した。

「これは我が国に伝わる宝剣の一つだ。娘を救ったそなたにこれ以上相応《ふさわ》しい物はないであろう」

国王陛下がスルリと剣を抜き、刀身が見えるように剣を高く掲げた。

「この宝剣は光を反射し、龍の紋様を浮かび上がらせるのだ。そなたも龍のように強く、勇敢に我が国を護《まも》ってくれ……ッ‼」

不意に、国王陛下が高く掲げていた剣をそのまま振り下ろした。同時に国王陛下の脇に立っていた騎士が左右から斬りかかってくる。

やはり仕掛けてきたか……！　しかしいくら不意打ちでも、その程度の剣速でどうこうできると思われているとは、子どもだからって舐《な》めすぎだっ！

「承知いたしました。国を、お護りしますッ‼」

瞬時に『瞬　雷《ブリッツアクセル》』を行使。三人の攻撃を難なく回避し、『亜空間庫《アイテムボックス》』から取り出した雷薙《ライナギ》で後ろに控えるメイドサキュバスに斬りかかる。首を刈るつもりだったが、伸ばされた爪により斬撃が受け流された。予想以上に素早い反応だ。

「チッ……！　勘の良《い》いガキね！」

サキュバスは隠蔽していた魔力を解放し、メイド服から漆黒の衣に変化した。それと同時に翼を広げ、魔族としての姿を現した。

「ひれ伏しなさい！　『魅了《チャーム》』‼」

サキュバスの瞳が赤紫に光り、妖艶な動きでゆっくりと近づいてくる。背筋に電流が走ったかのように身体が痺《しび》れ、その瞳から、身体から目が離せなくなった。

気がついたら顎を掴《つか》まれ、至近距離にサキュバスの顔が迫っていた。胸を押し付けられ、甘い香りが鼻孔をくすぐる。

「フフッ……。いくら強い冒険者でも、私の魅力に勝てる男はいないわ。イイことしてほしかったら、これからは精々私のために働くことね」

どうにかして身体を動かそうと思った瞬間、凄《すさ》まじい殺気が背中に突き刺さった。

「……シリウス様……？」

底冷えするようなシャーロット王女の低い声が耳に入る。咄嗟《とっさ》に振り向くと、シャーロット王女は無機質な笑顔でこちらを見つめていた。

……あれ、動けたぞ？


スキル『超耐性』より魅了耐性を自動発動しました。


先程の身体の痺れがなくなり、思考もクリアになってきた。『超耐性』さん、流石です。

そのまま流れるように雷薙《ライナギ》を振るうと、サキュバスは驚愕《きょうがく》の表情で後ろに飛び退《の》いた。

「グゥッ⁉　な、なんでよ⁉」

斬りつけられ血が流れる右腕を押さえ、サキュバスは魔力を込めた眼光で睨《にら》みつけてくる。僕が構わず攻撃を続けると、サキュバスは焦《あせ》りつつ魔力を込めた爪で攻撃を往《い》なした。

「私の魅力が分からない男に用はないわ！　やってしまいなさい！」

サキュバスが号令をかけると、周囲の騎士達が一斉に襲いかかってきた。それぞれが相当な気力と身体能力を持っていることが一目で感じ取れる。しかし、何の工夫もなく直線的に斬りかかってくる烏合《うごう》の衆は何の脅威にもならない。

『風衝撃《エアストライク》』と峰打ちで騎士達を打ち倒し、一足飛びにサキュバスに肉薄する。

「このォ……！　死ねッ‼」

サキュバスは身体から一気に魔力を放出し、凄まじい魔力密度の漆黒の槍《やり》を創造。それに魔力を纏《まと》わせ、渾身《こんしん》の突きを繰り出してきた。

しかしその魔力と膂力《りょりょく》に任せた一撃を、『白気《ビャッキ》』を纏い力ずくで撥《は》ね上げる。顔に驚愕の表情を貼り付けたサキュバスを、そのまま居合一閃《いっせん》で首を刎《は》ねた。

「ガ……ハァ……。シュ……ト……サマ……」

よく分からない言葉を最期《さいご》に、サキュバスは息絶えた。魔族とは言えど、人型の生物を殺すのは結構シンドいな……。元凶を倒したことで、安堵《あんど》とともに胃液がせり上がってくる。

サキュバスを倒したからか部屋に満ちていた闇属性の魔力は霧散し、国王や騎士達は糸が切れた操り人形のようにぐったりと倒れ込んでしまった。息はあるようで、一安心だ。

それにしても人族最大国家の中枢にこんな簡単に魔族の侵入を許すなんて、警備がガバガバなのか、魔族が優秀なのか……。国は今後の警備体制をもっと考えるべきだろう。

息を吐き後ろを振り向くと、シャーロット王女が胸に飛び込んできた。

「わっ⁉　……っとと」

「シリウス様ッ‼　お父様を、国をお護りくださり、本当にありがとうございます……！」

シャーロット王女は僕の肩に顔を埋《うず》め、少し震えていた。

国王だけでなく騎士達まで操られていたのだ。いつ自分が殺されてもおかしくない状況であったことを実感したのだろう。致命的な状況になる前に解決できて本当によかった。

軽く抱き返してしばらく頭を撫《な》でていたが、そろそろ床に倒れている国王が気になってきた。

「シ、シャーロット様、国王陛下が床に倒れたままです。どこか横になれる場所にお移しいたしましょう」

「……別に、起きるまでそこで寝てても問題ありませんわ」

「いやいや⁉　ありますよね⁉　僕が気になるんです！　お運びしますので！」

「……ふぅ、仕方ありませんわね……」

シャーロット王女は渋々と僕から離れた。

助かった……。サキュバスよりも立派な柔らかい何かが身体に押し付けられていたし、これ以上くっつかれていたら心臓が持たなかった……。頭を振って煩悩《ぼんのう》を払い、国王陛下を抱き抱える。十二歳の少年にお姫様抱っこされる国王陛下の図。背負うと僕より大きい国王の足を引きずってしまうしこれしかなかったのだ、不敬罪で処刑だけは許してほしい。

「お父様ずるい……」

シャーロット王女は恨めしそうに国王陛下を睨みつけつつも、王の寝室まで案内してくれた。国王を寝室に運んだ後はリィン騎士団長が国王の護衛に付き、他の騎士団員が事態の収拾に動いた。最初リィン騎士団長は自分の失態なので切腹すると喚《わめ》いていたが、これからの働きで汚名を返上しなさいとのシャーロット王女の一喝を受けて物凄《ものすご》い勢いで働いていた。

魔族による洗脳は国王、宰相、近衛《このえ》騎士団だけでなく、国家首脳部の上級貴族達にも広がりつつあった。各々《おのおの》の邸宅で洗脳が解け、大慌てで王城に連絡してくる貴族が多数いたのだ。

そして今回魔族の侵入を許した原因は、近衛騎士団と宮廷魔術師団との不和であったそうだ。より地位の高い近衛騎士団が宮廷魔術師団を軟弱者だと遠ざけており、それに対し不満が爆発した宮廷魔術師団の半数以上がストライキを起こして魔術阻害術式が緩んだところに魔族の侵入を許してしまったらしい。魔族の洗脳も高レベルの魔術師であれば魔力感知で気づけたものを、護衛から離れていたせいで誰にも気づかれずにここまで蔓延《まんえん》してしまった。

国王陛下は宮廷魔術師団を迫害した近衛騎士団、職務を放棄した宮廷魔術師団を喧嘩《けんか》両成敗とし、双方を減給処分に。また宮廷魔術師団の地位を近衛騎士団と同等とし、連携を密にするよう厳命した。相変わらず仲良くはないそうだが、今回の事件が応えたのか両者ともキッチリ連携は取るようになり警備体制は厳重になったそうだ。

……そして僕はというと、国王陛下より登城を命じられ、また玉座の間の立派な扉の前に立っていた。闇魔術の残滓《ざんし》がなくなったのは良いが、今回は違う意味の緊張に胃が締め付けられる。

最初はお断りしようと思ったのだが、来なければ指名手配しちゃうかもというシャーロット王女からの伝言を受け、やむなく飛んできた次第だ。

今回は武器を取り上げられることはなく、まだ警備が甘いのでは？　と疑問が浮かんだが、国王陛下を救った人間の武器を取り上げる必要性はないとのことであった。

「それでは、お入りください」

　執事服を着た壮年の男性が扉を開き、玉座の間に誘《いざな》われる。中に入ると玉座には国王がおり、その周りに美しい女性が四人いた。そのうちの一人はシャーロット王女だ。

　前回来た時に近衛騎士が並んでいた場所には高貴そうな男女が立ち並んでいた。恐らく貴族の人達だろう。

　執事に案内されるまま前に進み、玉座の前で跪《ひざまず》く。

「シリウス・アステール、参りました」

「頭を上げてくれ、英雄よ」

　後ろで貴族達がざわめいている。

　こういう時って大体偉そうな貴族が突っかかってくるんでしょ？　そういう面倒臭そうなイベント勘弁して……。

「いえ、私はそのような大それた者では――」

「何を言う‼」

　否定しようと口を開いたところ、唐突に貴族のうちの一人が大声で叫んだ。高そうな衣服に身を包んだ小太りの男性だ。これは絶対フラグ回収ですわ。

「シリウス殿が英雄ではなく、誰が英雄と名乗れるか！　我が国を、我々の尊厳を護ってくれた貴方《あなた》が謙遜する必要はない！」

「『そのとおりだ！』」

……ファッ？　唐突な予想外の展開に頭がついていかない。

いやいや、ここは小僧が調子乗るんじゃないとか、平民が偉そうにとか、そういうこと言うところでしょ？　なんで皆《みんな》笑顔なの？　展開についていけずポカンとしていると、国王陛下が再び話しはじめた。

「シリウスよ、お主は我が国の恩人だ。議会でも満場一致で可能な限りの褒美《ほうび》を与えることになっている。我々を助けてくれてありがとう」

国王陛下が頭《こうべ》を垂れ、周囲から軽いざわめきが起こる。よく知らないが、一国の王がそんな簡単に頭を下げるものではないということだけは分かった。

「へ、陛下‼　分かりました！　分かりましたので、頭を上げてください‼」

「ふーむ、本当に分かったのかの？」

「伝わりました！　十分すぎるほど伝わりました‼」

国王陛下は悪戯《いたずら》が成功した子どものように笑い、頭を上げた。

「ではシリウスよ、褒美を与えよう。何か欲しいものはあるか？　なんでも申すが良い」

あぁ、これ何が欲しいとか言っちゃいけない奴《やつ》だ。

こういう時は御心《みこころ》のままにって言っておくのが正解だと聞いたことがある。正直、特に欲しいものもないのだ。別に地位や名誉はいらないし、お金にもそんなに困っていない。冒険者になる僕には領地なんかもいらないし武器も間に合っている。

いやまてよ。これで貴族にしようとか領地を与えようとか言われたら、冒険者どころではないのではないか。そう考えるとお金や武器防具などの〝物〟を貰《もら》うのがベストな気がしてきた。

「はい、僭越《せんえつ》ながら……私はいずれ冒険者として旅立つ身でございます。さすれば、冒険者として使うことができる装備品をいただけますと非常にありがたく存じます」

「……ほう、冒険者とな。お主ほどの実力と功績であれば、我が城でそれ相応の待遇で迎え入れることもできるのだが？」

「勿体《もったい》ないお言葉でございます。しかし私はまだ学生ですし、卒業後は世界を見て回りたいと考えておりますので……」

「ふむ……。儂《わし》の与えたいと思っていたものを先んじて牽制《けんせい》されてしまうとはのぉ。はっはっは！」

「……私程度の者であれば、冒険者ギルドに沢山おります故」

「謙遜するでない。だがまぁ、望まないものを押し付けるわけにはいくまい。おぉそうだ、シャーロットの許嫁《いいなずけ》というのは――」

「お、おおお父様‼　何おっしゃってるんですの⁉」

「ん？　良《い》い考えと思ったのだが、シャーロットは嫌なのか？」

「ううううぅ……。嫌ではないというか……むしろ歓迎ですがしかし……」

シャーロット王女は顔を赤くしながら何かごにょごにょと呟《つぶや》いているが、遠くて聞こえない。断じて聞こえてはいけないことを呟いている。

「あらあら、うふふ。あなた、それはいい考えねぇ」

「お、お母様まで⁉」

シャーロット王女が王妃様に摑《つか》みかかってガクガクと揺さぶっている。

というか王妃様、若すぎません？　てっきりお姉さんかと思った……。

「シリウス、お主はどうなんじゃ？」

国王陛下が僕に振ってきた。本当に勘弁して欲しい。

シャーロット王女は物凄く美しいし良い子であるが、知り合って間もないし王女と僕なんかではあまりにも釣り合いがとれない。

そもそも将来冒険者になって旅に出ると言っているのに、王女がそんな人間と結婚など無理だろう。かと言って断るというのも、王女の面目を潰す形となって良くない。つまり詰みだ。

「私には勿体な――」

「まさかシャーロットでは不服と申したりはせぬよな？」

「い、いえ……。しかし、私は将来冒険者になりこの国を出ていく身でありますし、シャーロット様のお気持ちというものも……」

「ふむ、別にお主が旅に出るのは儂は止めはせんぞ。〝儂は〟な。シャーロットはどうなのじゃ？」

「ふぇっ⁉」

ニヤニヤした国王陛下に話を振られ、シャーロット王女は真っ赤な顔であわあわしている。

「わ、わわわたしは……あの……その……。お、お友達からというのは……いかがでしょうか……」

シャーロット王女は消えいるような声で答えた。

「日和《ひよ》ったわね」

「チャンスを逃しましたわね」

「あらあら……」

「チキンじゃな」

国王陛下、王妃、王女姉妹という王族ズからの毒舌コメントがシャーロット王女に突き刺さる。シャーロット王女は涙目になっていた。シャーロット王女は僕を傷つけないように断ろうと頑張ってくれただけなのにね。ならば……。

「では『シャーロット王女とお友達になる権利』が褒美ということでよろしいでしょうか？」

「ふむ、釈然とせぬが……良いだろう。勿論《もちろん》、装備品も進呈しよう。後ほど宝物庫から好きなものを選ぶと良い。装備品以外を選んでも構わん」

「ありがたき幸せ」

国王陛下との謁見後、シャーロット王女に宝物庫へ案内された。

最初は執事が案内すると言ってくれたのだが……。

「と、友達ですから！　私が案内しますわ！」

というように、シャーロット王女が案内役を買って出てくれたのだ。

「どれでも好きなものをお選びください！」

シャーロット王女は手を広げてくるりと回った。可愛《かわい》い。

「ありがとうございます、シャーロット様」

「シリウス様、そんな他人行儀はおやめください！　シャーロットとお呼びください」

「しかし、王女殿下に――」

「私達、友達ですわよね……？」

シャーロット王女が頬を膨らませてこちらを見つめてくる。そのうるうると輝く瞳にうっと息が詰まる。

「……分かりました、シャーロットさん」

「とりあえずはそれで良しとしますわ！」

ちなみにシャーロットさんも僕のこと様付けで呼んでるじゃないですかと突っ込んだが、顔を赤らめて今はまだ……と黙り込んでしまった。

宝物庫に入ると無数の魔道具が並べてあった。それらを『解析』しつつ、歩いて回る。食指が動くものがないなぁとしばらくウロウロしていると、黒い魔石がついたアミュレットが目に入った。

【名前】無窮宝符
【ランク】ＳＳ
【説明】無窮魔石が魔術加工されて宝具となったアミュレット。魔力の蓄積と放出を無限に繰り返すことが可能。

これは凄《すご》い……！

通常の魔石は、蓄積させた魔力を一度放出させると砕け散って使えなくなる。使い捨ての乾電池のようなものだ。しかしこれは、放出した後にまた蓄積して再利用できるものだという。このクラスの魔力量を蓄積する通常の魔石であれば、使い捨てでも二千万ゴールド以上はするだろう。それを無限に使えるというのは……あまりにも破格である。流石《さすが》宝具だ。

これがあれば〝あの魔術〟も現実的になってくるぞ……。

「シャーロットさん、これをいただいても良いでしょうか？」

「ええ、勿論かまわないわ。一体何を選んだのかしら？　これは……魔石？」

「はい、無窮魔石です」

「無窮魔石って何かしら？」

「何回も再利用できる魔石ですね。極稀《まれ》に迷宮《ダンジョン》の下層の方で発見されることがあると言われている非常に希少な魔石です」

「流石シリウス様、博識ですわね」

「ありがとうございます。それにしてもこんな凄いものがあるなんて、流石王家の宝物庫です。驚きました」

「ただここに詰め込んでいるだけでは宝の持ち腐れなのですけどね……。シリウス様に活用していただけるのであれば私も嬉《うれ》しいです」

シャーロットさんはとても嬉しそうに微笑《ほほえ》んだ。

その後しばらくシャーロットさんと雑談を交わし、無窮宝符を選んだことを国王陛下に報告し、僕は王城を出た。歩いて帰ろうと思っていたが、客人を歩いて帰らせるわけにはいかないと半強制的に竜車で学校の寮まで送ってくれた。隣に座ったシャーロットさんが、至近距離でずっと話していたので、非常に精神修行が捗《はかど》った一時であった。

寮に着くとアルトリアの紋章がガッツリ入った豪華な竜車が生徒達に目立ちまくって一騒ぎ起こしてしまい、思わずこめかみを押さえた。


「ねぇシリウス、昨日王家の竜車から降りてきたわよね？　一体何があったの？」

「国王が魔人族領への侵攻宣言を撤回したことと関係がありそうな気がする」

翌日教室に行くと、早速エアさんとロゼさんが席に飛んできた。しかし国家上層部が洗脳されていたというのは国家機密であり、僕も口外は禁じられていた。

「実は――」

僕はヴェルデリッヒ宰相が用意していた「王女殿下が誘拐されそうになったところをたまたま発見した一般冒険者の僕が助け、国王陛下から褒美を受けた」という嘘《うそ》と事実が織り交ぜられたストーリーを皆《みんな》に話した。

「はう……流石シリウス君です……！」

「うーん、何か隠してる気がするのよねー」

「核心的な部分を隠している、そんな気配がする」

完璧なストーリーだと思ったのだが、エアさんとロゼさんからの疑いの眼差《まなざ》しが突き刺さる。魔人族領侵攻宣言撤回とあまりにタイミングが重なっているため、そちらに僕が無関係ということに違和感を感じているのだろう。正解だけど、そうだとは言えない。

「気のせいですよ、キノセイ」

「うむ、シリウス殿も色々と言えないことがあるのだろう。まぁ大体想像できるであるがな、はっはっは」

一応王族であるムスケルは何か感じているようだ。むしろバレバレな感じすらする。

僕は言い訳を止《や》めて空を仰ぎ、早く教官来ないかなぁと思いを馳《は》せるのであった。

■

放課後、珍しくどこにも寄らずにまっすぐ寮に帰った。無窮宝符を使った魔術行使を試すためだ。勿論、無窮宝符には昨日ありったけの魔力を注入し満タン状態にしてある。

以前、習得したのはいいが消費魔力が非常に多いため発動後の魔力枯渇《こかつ》で役に立たない魔術があった。

『空間転移《テレポーテーション》』だ。

『空間転移《テレポーテーション》』は、空間を転移して一瞬で長距離を移動可能にする魔術だ。転移できるのは、一度行ったことがありなおかつ明確にイメージできる場所に限られる。

最近は魔力量が増えてきたお陰でギリギリ発動にはこぎつけたのだが、それでも使った後はヘトヘトになってしまう上に帰る魔力がないため一方通行になるという欠陥があった。

しかし今回手に入れた無窮宝符があれば、その魔力の問題を解決できると考えている。

恐らく、自分と無窮宝符の魔力が満タンであればギリギリ往復できるはずだ。相当ギリギリであると思われるため、その問題を解決できる場所への転移を試してみることにした。

すうはぁと深呼吸をして、魔術名を唱える。

「『空間転移《テレポーテーション》』」

無窮宝符から魔力を吸い上げ、魔術を行使する。

瞬《まばた》きをすると、イメージした景色が目の前に広がっていた。

無窮宝符の魔力は空になっており、自分の魔力は微量だけ消費されている状態であった。

やはり帰りはギリギリだな。

「まだそんなに経《た》っていないのに懐《なつ》かしく感じるなぁ」

深呼吸をして美味《おい》しい空気を味わっていると、すぐ横の家から男性と武装した女性が飛び出してきた。僕と目が合うと、その男女は驚愕《きょうがく》に目をぱちくりとした。

「シ、シリウスか……？」

「あ、父さん母さん、久しぶり」

そう、僕の実家があるエトワール村に転移したのだ。セントラル冒険者学校の寮から直線的に山を突っ切って走って約一週間程度の距離を一瞬で移動できるのはやはり便利すぎる。

「あ、あぁ、久しぶりだな。なんか今、突然シリウスの魔力が現れたように感じたんだが……」

「あぁ、『空間転移《テレポーテーション》』の練習でここに来たんだ」

「『空間転移《テレポーテーション》』の……練習!?」

「実はこんな物を手に入れてね」

二人に無窮宝符を見せ、セントラルであったことをサラッと話した。父さんは目を輝かせて無窮宝符を撫《な》でていた。

「うおおおぉぉ!! こ、これは……無窮魔石……！　魔術師の夢!!　俺でも手に入れられなかったのに、流石シリウスだ！」

「たまたま運が良かっただけだよ」

「あなた、シリウスの装備に涎《よだれ》つけちゃ駄目よ？　それにしても、セントラルに行ってもきちんと鍛えているようね。また一段と強くなったようだわ」

「うん、教官やクラスメイトにも恵まれてね。二人とまた鍛錬していきたいところだけど、帰りの魔力がギリギリだから今回はちょっと無理かなぁ……」

「あら、残念ね……。まぁシリウスがどれだけ成長したかは卒業した時の楽しみにとっておきましょう」

母さんが微笑んでいるのだがどこか威圧感を感じる。やはり魔族なんかより母さんの方がよっぽど怖い。

「あ、父さん。ちょっとでいいから魔石に魔力分けてもらえないかな……？　かなりギリギリだから戻った後が怖くて」

「お安い御用だ！　どれどれ……ふんッ‼」

父さんはおもむろに無窮宝符を握りしめ、魔力を充填した。凄《すさ》まじい魔力が指の隙間から光となって漏れている。

「ふぅ、こんなもんでどうだ？」

渡された無窮宝符は半分ほど魔力が貯《た》まっていた。正直ここまで入れてくれるとは思っていなかった、これは帰りは物凄《ものすご》く楽だ。

「こんなに入れてくれて、ありがとう！　凄い助かるよ！」

「ははは、この程度朝飯前さ！」

よく見ると父さんの頬を汗が伝っていた、結構頑張ってくれたのだろう。

「シリウス、今日は家でご飯食べていかない？」

「おぉ、いいな！　向こうでの話も聞きたいしな！」

「うん、じゃあ食べていこうかな」

久々の家族でのご飯は、とても温かく美味しかった。

ちなみにデザートにクレープを出したら凄く喜んでくれたので、砂糖などの材料を少し父さんに渡しておいた。次に帰る時には色々と美味しいお菓子を作ってくれているはずだ。

第三章 ♦ 武道祭

いつもより人が多く、賑《にぎ》やかな校内。美味《おい》しそうな匂いもそこら中から漂っている。学校のエントランスから校舎へ向かう大通りでは、学生達が屋台で食べ物や雑貨を販売していた。

客引きの大声をひっきりなしに聞きながら、僕らは闘技場へ向かっていた。

「うわぁ……人が沢山いますね……」

「ふむ、もぐもぐ。やはりオークの串焼きはもぐもぐ。非常に美味であるなむぐむぐ」

「おいムスケル、食べながら喋《しゃべ》るな。肉が飛び散ってんぞ」

串焼きを頬張りながら喋るムスケルからランスロットが飛び退《の》く。そんな二人を笑いながら、僕らSクラスのメンバーは歩いていた。前世ではこんな風に友達と屋台を巡ったりしたことはなく学園祭にも興味はなかったのだけど、こんなに楽しいならもっと興味を持っておけばよかったかも知れない。

僕らの目的でありセントラル冒険者学校学園祭の目玉である武道祭は、生徒の過半数が参加するイベントである。学校外からの来場者もそれを目当てで集まってきている人が大半だそうだ。今回の武道祭の参加人数も約三百人と非常に大規模なイベントだ。

武道祭は学園祭初日の今日に予選を行い、二日目にトーナメント戦を、そして三日目に準決勝と決勝戦を行う形となる。また本日の予選は、学年別に分けられて行われるそうだ。そして明日のトーナメント戦は、予選を勝ち抜いた各学年の生徒がシャッフルされて戦うことになる。

大体は三学年Sクラスの人が優勝者となるそうだが、昨年は珍しく二学年のシオン先輩という人が優勝したそうだ。今年はその人が三学年になっているため、優勝最有力候補と言われている。

僕はその話を聞いて、シオン先輩と戦ってみたいなぁと楽しみになってきていた。そんな僕の表情を見て、ロゼさんはにやりと笑った。

「シリウス、乗ってきた。やっぱり楽しみなんでしょ？」

参加したくないとか言っておいていざはじまるとなると楽しみになっている心の内を見透かされたのが悔しくて、僕はふいと視線を逸《そ》らした。

予選では、学年別に約二十人のグループが五つ作られる。そして各グループでバトルロワイヤルを行って、勝者の五人が予選通過となる。そして、僕らはそのグループ分けの掲示を見に来ていた。

「げ……私、シリウスと同じグループじゃない……」

「あー……エアちゃん、ドンマイだな」

「ドンマイである」

「ドンマイです……」

「……ドンマイ」

「ねぇ、何その扱い？」

僕と同じグループになってしまったエアさんがげんなりとした顔をしていた。そして皆でエアさんの肩を叩《たた》いて慰めている。

……僕の扱い酷《ひど》くない？

「仕方ないわね……。参加者全員で袋叩きにすればもしかして……」

「エアさん……冗談ですよね？　ねぇ？　怖い顔してますよ？」

校内イベントで袋叩きとか、物騒なことはやめていただきたい。

「いずれは当たる。早いか遅いかだけ」

「確かにそうなんだけどね……」

「エアさん、お互い頑張りましょう！」

「……そうね。死力を尽くすわ！」

エアさんは何か決意をした目をしていた。ねぇちょっと目がマジすぎるんですけど。

「それでは、武道祭をはじめます！」

「「「うおおおぉぉぉぉ!!」」」

非常に容姿が整っており声が可愛《かわい》い、いかにもなアナウンサー感漂う女子生徒が開始を宣言すると、会場は歓声に包まれた。

闘技場の観覧席はギュウギュウで、外周の通路も立ち見の人で溢《あふ》れかえっている。

僕ら一学年は最初の戦いであるため、そんな風景を闘技場控えのベンチから眺めていた。

「す、凄《すご》い人ね……」

「緊張してきました？」

「そ、そりゃぁちょっとはするでしょ！　シリウスにとってはなんてことないかも知れないけど！」

「いやいや、僕も緊張してますよ」

そう言って苦笑いしてポリポリと頭をかくと、エアさんの疑いの眼差《まなざ》しが突き刺さる。

「もう、胃がキリキリしてますもん」

そう言ってお腹《なか》を押さえておどけると、エアさんはプッと口を押さえて吹き出した。

「ふふ、シリウスでも緊張するのね。そう思うとちょっと気が楽になったかも知れないわ。ありがとね」

「僕も人間です、緊張くらいしますよ」

「それは嘘《うそ》よ」

「同じ人間ですからね？」

エアさんとじゃれ合っている内に、一回戦がはじまるようだ。一回戦にはムスケルが参加する。

「では行って参りますぞ」

「あぁ、ムスケル頑張ってね」

闘技場に二十人の生徒がバラバラに立つ。中でもムスケルの身長と体格は頭一つ抜き出ていて、異彩を放っている。近くの生徒もチラチラとムスケルを見てひぇっとかうわっとか言って距離を取っていた。うん、その気持ち分かる。でもそいつを倒さないと予選突破できないんだよ？

「では、解説はこの私、二学年Ａクラス、ユリア・マーベルと教官方で行わせていただきます！　それでは一学年予選一回戦……開始！」

解説席には先程の綺麗《きれい》な女子生徒ユリア先輩と何人かの教官が座っていた。

試合がはじまると共に、ムスケルはマッスルポーズで『練気』を行い、周囲の様子を窺《うかが》っていた。ムスケルの気に当てられ、周りからドンドン生徒が遠ざかっていく。

ムスケルより少し離れた位置では、早速戦闘がはじまっていた。剣士が魔術師に速攻をかけているようだ。

「おっとぉ！　早速剣士達が動き出しました！　いかに魔術師に強力魔術を使わせないように立ち回るかが剣士達の勝利の鍵になります！」

ムスケルは自分の周りに人がいないのを見て、不思議そうな表情を浮かべていた。

うん、仕方ないね……。

「ふぬぅ、誰も来ぬならこちらから行くしかあるまい。『筋肉波動《マッスルインパクト》』ォ！」

――ドゴォォオン‼

ムスケルが拳を振り抜くと、延長線上の生徒達が吹っ飛ばされ近くの生徒達を巻き込んで退場させられていた。ちなみにこの闘技場は意識を失うか致命傷相当のダメージを受けると退場させられる設定となっている。勿論《もちろん》擬似空間であるため、本当に死ぬことはない。

ムスケルから離れた位置で戦っていた生徒達も含め、闘技場内の全ての生徒が目を見開きムスケルを見た。

「な、なんとぉぉぉ‼　まさかパンチの衝撃だけで七人の生徒を一瞬で戦闘不能に！　彼はえーっと……一学年Ｓクラスの、ムスケルさん……選手です‼」

「Ｓクラス……」

「バ、バケモノ……筋肉のバケモノだ……」

闘技場内の生徒達がふるふると震えていた。

「み、みんな！　まずはあいつを倒そう！」

「そうだそうだ！　みんなでかかればふべらッ‼」

騒ぎ出した生徒の群れに、ムスケルが両手を広げて突進をしていた。

「『ダブルラリアット』ォォ‼」

また五、六人の生徒が退場させられていた。

「す、すごいですムスケル選手‼　一人であっという間に半数以下まで人数を削ってしまいました！」

「み、みんなでかかるぞ！」

「「うぉぉ！！！」」

――結果、そのままムスケルの大暴れにより参加者達は全滅させられた。

「し、勝者！　ムスケル選手‼」

「むっはっは！　筋肉の勝利ですな！」

身体《からだ》に攻撃魔術による焦げや裂傷を多数つけたムスケルは、平然と去っていった。

「ムスケルも大概とんでもないわよね……」

エアさんの呟《つぶや》きに、一同苦い顔をして頷《うなず》いた。

「それでは続きまして、一学年予選二回戦……開始‼」

ユリアさんがハイテンションに二回戦の開始を告げる。

僕らのクラスからはロゼさんが出ていた。ロゼさんは身の丈ほどの長杖《ちょうじょう》を持ち、何の気負いもないように立っていた。周囲の剣士達がそんなロゼさんに狙いをつけていた。

「お嬢ちゃん、悪いが詠唱前に退場してもらうっ‼」

ロゼさんはそんな剣士達を興味なさげに一瞥《いちべつ》し、小さな声で魔術名を紡《つむ》ぐ。

「『反炎爆《カウンターブレイズ》』」

一瞬でロゼさんの周囲に火炎球が顕現し、剣士達の剣が触れた瞬間大爆発を起こした。

「「「ぐはぁぁっ‼」」」

剣士達は爆発によって消し飛ばされ、一瞬で退場させられていた。彼らの末路を確認もせず、ロゼさんは続いて魔術を唱える。

「『炎槍雨《フレイムレイン》』」

ロゼさんの上空に炎の槍《やり》が生成され、雨のように他の生徒に襲いかかった。数人はなんとか魔術障壁や盾で身を守ったが、この二度の攻防で半数の生徒が退場した。

「す、すごい！　すごいです‼　えーと、一学年Ｓクラスのロゼ選手！　怒濤《どとう》の炎魔術で他選手を蹂躙《じゅうりん》しています！」

「く、くそおお‼　僕だって詠唱短縮くらいできるぞ！　『水槍《アクアランス》』‼」

一人の男子生徒が『水槍《アクアランス》』をロゼさんに放つ。更にロゼさんは左右からも同時に斬りかかられており、左右への回避は難しそうだ。

「『炎障壁《フレイムバリア》』『炎円衝《サークルフレイム》』」

ロゼさんは『炎障壁《フレイムバリア》』で『水槍《アクアランス》』と二人の剣撃を軽々と防ぎ、その障壁の炎を放射状に放ち三人を焼き払った。本来火属性は水属性に弱いのだが、魔術練度の差があまりに大きく、属性の不利が覆《くつがえ》されていた。正直、勝負になっていない。

「『炎槍雨《フレイムレイン》』」

残っている生徒達に再度ロゼさんが魔術を放ち、瞬《また》く間に勝敗が決した。

「勝者、ロゼ選手‼」

控席の面々は騒然としていた。

「あ、あんな小さい子があんなに強いなんて……」

「Sクラスの強さ段違いすぎるだろ」

「ロゼちゃーん！　かわいいよー！」

そして次第に、他選手達の視線がこちらに集まりはじめていた。ちょうどランスロットがトイレ行ってくるわと席を立った直後くらいからだ。彼の危機回避能力を分けて欲しい。

「なぁ、あいつらもSクラスだよな？」

「おい、あいつらから片付けないか？」

「後ろから襲《や》れば或《あ》るいは……」

他選手達はこっそりと何か作戦をたてているようだ、あまり心地《ここち》の良《い》い視線ではない。

隣のエアさんの様子を窺うと、エアさんは苦笑いして肩を竦《すく》めていた。


その後、三回戦でランスロットはSクラスであるということを意識されないようにのらりくらりと立ち回り、実力を隠して地味に勝利。要領の良い男だ。四回戦ではAクラスの武闘家の女の子が勝ち抜いていた。中国拳法のような動きをしており、剣も魔術も使わずに勝っていた。ムスケルタイプだなとちょっと思ったが、失礼だったので考えることをやめた。そして遂《つい》に五回戦、エアさんと僕が出場する試合となった。

「エアさん、お互い頑張りましょう」

「え、えぇ……。ところでシリウス、周りから凄い殺気を感じるんだけど……」

「そうですね。僕らがSクラスということはバレているので、最初に一斉にかかってくるつもりなんでしょう」

「やっぱりそうよね……」

エアさんはげんなりとしていたが、僕は都合がいいなと考えていた。

「それでは一学年ラスト、予選五回戦……開始ッ‼」

ユリアさんがそう宣言した瞬間、周囲の殺気が膨れ上がり、剣士達は一斉に僕とエアさんに飛びかかってきた。魔術師達もこちらに向けて魔術を詠唱している。

とりあえずはまずこの飛びかかってきている人達を威嚇しよう。僕は夜一《ヨイチ》の柄《つか》を軽く握り、一振りした。

夜一《ヨイチ》が鞘《さや》を滑る怜悧《れいり》な音が響き、それに一拍遅れて生徒達が闘技場の障壁に叩《たた》きつけられた音が轟《とどろ》きわたる。僕はただ素早く身体を回転させながら全周に居合斬りを放っただけであったのだが、ただ一人宙に身を躍らせたエアさん以外は闘技場から弾《はじ》き出されていた。

エアさんが地上に降りたスタッという着地音が、静寂に包まれた会場に響く。

「「う、うおおおぉぉぉ⁉」」

やがて観客席から驚愕《きょうがく》の声が聞こえてきた。

「な、な、何でしょうか今のは⁉　私にはよく見えなかったのですが、一学年Ｓクラスのシリウス選手が剣を抜いた瞬間に一人を残して全ての選手がやられてしまいました‼　こ、これが一学年の最優秀者の力だとでも言うのでしょうかっ⁉」

ただ一回転しながら剣を振っただけなのに大げさである。確かに物凄《ものすご》く上手《うま》く行ったが、恐らく皆油断していたからであろう。

「そしてただ一人残ったのは同じくＳクラスのエア選手！　今のを回避するとは流石《さすが》Ｓクラスです！　さぁ面白い展開になってきました！」

ユリアさんは興奮して解説席から身を乗り出し、手をぶんぶんと振り回していた。

「あんなの見切れるわけないじゃない……。嫌な予感がしてジャンプしたらたまたま避《よ》けられただけなのに……」

エアさんは苦笑しながら剣を構えた。

「全く、なんでこんなグループに私が入っちゃったのかしら……。もうっ！　やってやるわよ！　『風纏《ウィンディア》』『疾風連斬《しっぷうれんざん》』‼」

エアさんはキッと鋭い視線をこちらに飛ばし、後ろに跳躍しながら風の刃《やいば》を連続で飛ばしてきた。僕は『雷光付与《ライトニングオーラ》』で雷を身に纏《まと》い、風の刃の間を縫いながらエアさんに接近する。

「早っ！　『突風《エアブラスト》』『風槍連突《ランスフォレスト》』ッ！」

　吹き飛ばされそうな程の凄《すさ》まじい突風と共に風属性の槍が無数に飛来してくる。突風で動きが鈍っているところに無数の槍とは、巧みな組み合わせだ。僕は突風に逆らわず後ろに下がり、風の槍を夜一《ヨイチ》で捌《さば》く。

　後退する僕を見て、エアさんが不敵に笑った。

「はあぁぁぁ！」

　エアさんの周りに風が吹き荒れる。その嵐のような風がエアさんの剣に集まり凝縮し、エアさんが剣を振り下ろした。

「『嵐風斬閃《らんぷうざんせん》』‼」

　荒れ狂う風が刃の形を成して、一直線に飛んでくる。凄まじい速度で飛来する刃を、僕は『瞬雷《ブリッツアクセル》』を発動し感覚を加速させて視認する。闘技場の床を砕きながら飛来する刃は、もう目前まで迫っていた。避けられないと判断し、即座に雷薙《ライナギ》で居合斬りを放つ。『磁力《マグネティック》』を付与《エンチャント》した鞘を通り、刃が超加速する。そしてその居合に合わせ、『雷光付与《ライトニングオーラ》』と『瞬雷《ブリッツアクセル》』を『開放《リベレイト》』し、斬撃の威力に上乗せする。居合斬りと共に放たれた雷光《ライトニングレイ》は、風の刃と共に前方にいたエアさんを飲み込んだ。パッカリと闘技場の床に溝が作られ、熱により溶けた床材が溝の中で赤く光り煙を燻《くゆ》らせている。

静寂の中、僕は闘技場に一人佇《たたず》んでいた。

「「「うおおおおぉぉぉ!!」」」

「し、勝者!!　シリウス選手!!　す、凄まじい！　凄まじいの一言に尽きます……！　闘技場が完全に使い物にならなくなっています!!」

「な、なんだあいつ!?」

「一学年の最優秀者……バケモノすぎる……」

「あれは魔術？　剣？　全然見えなかったわ……」

……完全にやっちまった。

強そうな攻撃がきたから返したけど、完全にオーバーキルだったっぽい。闘技場の外でエアさんが「やっぱりとんでもないわね」とでも言わんばかりの表情で僕を見つめていた。

「えーっと……只今《ただいま》の戦闘で闘技場が破損してしまったため補修作業に入ります。次の二学年の予選は一時間後に再開いたします」

ユリアさんの声を聞きつつ申し訳なさで一杯になる。そんな僕の元にクラスメイト達が集まってきた。

「お前……流石にあれはやりすぎじゃね？」

「流石シリウス殿の筋肉ですな。素晴らしい！」

ごめんなさいごめんなさい。

補修作業をしようと集まってきた係員さん達に話をし、代わりに補修をさせてもらった。水魔術で冷却し、土魔術で亀裂を埋めて、石材を生成して硬質化する。これ以上に激しい戦いが起こる可能性もあるため、以前の闘技場より強固になるように補修を行った。係員さん達が呆《あき》れた目でこちらを見ていたような気がするが、きっと気のせいだ。

■

学園祭二日目、本日は武道祭にて本戦トーナメントが行われる。本戦では、予選突破者十五人が学年関係なくランダムに対戦を組まれる。ちなみに前回優勝者のシオン先輩はシード枠であり、二回戦目からの参戦となっている。

闘技場の外では本戦の賭けが行われていた。見てみると僕の倍率は二十五倍と、かなりの倍率であった。ちなみにシオン先輩は一・二倍だ。今まで一学年が優勝したことはなかったので、賭ける人もいないのだろう。僕が願掛けとして十万ゴールドほど自分に賭けると、クラスメイトもこぞって僕に賭けだした。これはいよいよ頑張らなければ。

本日もクラスメイトと共に歩き食いをしつつ闘技場に向かっていると、突然後ろから誰かに抱きつかれた。

「シリウスゥゥゥ‼」

　突然の出来事にびっくりしたが、視界に入った白銀の髪と聞き覚えのある声で相手が分かった。

「マイルさん、お久しぶりです」

　そう、ウルフファングの魔術師、マイルさんだ。以前迷宮《ダンジョン》で一緒にボス部屋に入った時に命を助けてから、やたらと懐《なつ》かれてしまっている。

「よぉ、シリウス！　俺らもいるぜ！」

「久しぶり！」

「久しぶりね、ほらマイル、そろそろ離れなさい！」

「やだぁぁぁ」

　後ろからウルフファングの皆《みんな》が遅れてやってきた。

「皆さん、お久しぶりです。今日はどうしたんですか？」

「あぁ、セントラル冒険者学校の武道祭っつーと俺ら冒険者の中でも結構見ものだって見に来る奴《やつ》も多いんだ。俺らはシリウスなら出てるだろうなと思って見に来たわけだ」

「そうだったんですね、久しぶりに皆さんに会えて僕も嬉《うれ》しいです」

「シリウスゥ……スゥハァ……」

マイルさんは僕の髪に頬ずりして深呼吸している。

何か前より悪化している気がするんだが……。正直マイルさんはとても綺麗《きれい》な人なので、こんなにくっつかれると困惑してしまう。どうしようかと苦笑いしていると、後ろから鋭い視線を感じた。振り向くとクラスメイト達がにこにこと笑みをたたえている。

鋭い視線……というか殺意を感じた気がしたんだが、気のせいだったようだ。

「……ねえ、シリウス。その人達、誰？　私達にも紹介してよ、ねぇ？」

「シ、シシシリウス君……誰かな？　その女の人、誰かな？」

「……女たらし」

何故《なぜ》か責められているようなニュアンスに聞こえる気がするが、勘違いですよね。怒られる理由もないし。

「こちらは冒険者パーティ、ウルフファングの方々です。以前迷宮《ダンジョン》でお世話になったことがありまして」

「いやいや、世話になったのはこっちのほうだ。シリウスがいなかったらマイルを失っていたかも知れない、本当に感謝している」

「そう。シリウスのお陰で私は生きている。すなわち私はシリウスの物」

それは違うと思う。

「へ、へぇー……。まぁ私もシリウスと出会った時は助けられたわねぇ……ってことは私も――」

「わ、わわたしもシリウス君がいなかったら貴族に奴隷にされていたかも……。つまり私はシリウス君の奴隷……？」

よく聞こえないが、エアさんもアリアさんも真剣な表情で何かを呟《つぶや》いている。怖いのであまり聞かないでおこう……。

「たまたまですよ。さて時間も迫ってますし、そろそろ闘技場に行きましょうか」

「シリウス殿は時折、非常にクールであるなぁ」

ムスケルが感心したように僕を見つめる。

「さぁマイル、私達は観客席に行くわよ！　ほら、離れなさい！」

「ううぅ……。シリウス、頑張ってね……」

「シリウス、頑張れよ！」

「はい、ありがとうございます！」

ウルフファングの皆さんと別れ、闘技場に入っていく。闘技場の入口にはトーナメント表が貼り出されていた。トーナメント表によると参加者は二つのグループに分けられており、クラスメイト内では僕とランスロット、ロゼさんとムスケルが同グループとなっていた。前年度優勝者のシオン先輩は僕とは別グループなので、決勝戦まで当たることはないようだ。

「それでは武道祭本戦、開催します‼　本日はなんとぉ！　特別ゲストがいらっしゃってます！　アルトリア国王エドワード・エル・アルトリア様、王妃レイルロッテ・エル・アルトリア様、第三王女シャーロット・エル・アルトリア様です！」

「エドワード・エル・アルトリアだ。アルトリア王国を将来支えてくれるであろう未来の英雄達よ。諸君らの奮闘を楽しみにしている」

国王陛下はこちらを見てニヤッと笑い、奥に立っているシャーロットさんがウインクしてきた。あの人達、まさか僕を見に来たとかじゃないよね？　流石にそれは自意識過剰だよね？　顔が引き攣《つ》るのをなんとか堪《こら》えていると、近くの男子達が興奮した様子ではしゃいでいた。

「おい、今シャーロット王女俺にウインクしなかったか⁉」

「ばっか！　俺に決まってんだろ‼」

「はぁ、分かってねぇなぁ……俺に決まってんだろ？」

そうか、彼らの言う通りやはり僕に向かってではなかったんだろうな。うん、きっとそうだ。自分にそう言い聞かせ、これからの戦いに意識を集中しはじめる。

まずはロゼさんとムスケルのグループから試合がはじまった。ロゼさんは二学年の魔術師の先輩と当たったが、正面から上級魔術で打ち破った。ロゼさんの魔力は相当なものだとは思っていたが、まさか上級生を正面からねじ伏せるとは流石《さすが》にびっくりである。

次にムスケルだが……こちらも魔術師の先輩との勝負であったが、魔術を食らうことを全く厭《いと》わずにその肉体を盾にして突っ込むムスケルに先輩が半泣きしていた。結局先輩はそのままムスケルに追いつかれて轢《ひ》かれていた。トラウマにならないといいけど……。

次に僕らのグループの戦いとなり、ランスロットが二学年の先輩に負けてしまった。氷魔術で接近を許してもらえず、ランスロットの強みを活《い》かすことができなかった。先輩の素早く正確無比な魔術行使は見惚《みと》れてしまう程であった。あれは相手が悪すぎた。

そして遂《つい》に僕の番が来た。

「次の試合は――……シリウス選手対マオ選手です‼　一学年同士の戦いですね！　Sクラスで最優秀者のシリウス選手を相手に、Aクラスのマオ選手がどう戦うのか、非常に楽しみな一戦です！」

「シリウス君と戦えるなんて、楽しみッス。よろしくお願いするッス」

「こちらこそよろしくお願いします」

マオさんは小柄な女の子で、黒いジャージのようなものを着ている。全く装飾はなく、動きやすさ重視のようだ。拳の部分のみ金属で出来た軽量型のナックルガードを装備しているため、武闘家タイプなのだろう。

マオさんは右手を前に出して半身になって構えている。僕は夜一《ヨイチ》に手を添えた。

「では、試合開始‼」

マオさんは瞬時に気力を身に纏《まと》い、距離を詰めてきた。鋭い蹴りを、『雷光付与《ライトニングオーラ》』を行使し回避する。まるで躱《かわ》されることを分かっていたかのように、マオさんは流れるようにコンボを繋《つな》いでくる。その連撃もこちらが回避する方向を先読みして放ってくるため、非常にやり辛《づら》い。この娘《こ》異様に対人戦慣れしているな。放ってくる蹴りを受け止めて直接『雷撃《スタンボルト》』を流し込んでやろうと手を出すと、サッと引いて下がってしまった。

「危なかったッス……。あたしの攻撃が掠《かす》りもしないなんて、流石シリウス君ッス」

「まるで僕が何をしようとしていたか分かっているかのような動きでしたね？」

マオさんはカラカラと笑った。

「勿論《もちろん》ッス！　【雷帝】の逆鱗《げきりん》に触れたら雷が落ちるってのは今やセントラルの冒険者の

常識ッス！」

……は？　開いた口が塞がらずに呆《ほう》けてしまう。

「……なんですか、それは？」

「え？　皆そう言ってるッスよ？」

一体何故そんな根も葉もない噂《うわさ》が……。確かに、子どもだと舐《な》めて絡《から》んでくるならず者を何回か『雷撃《スタンボルト》』で黙らせたことはあったが……いつの間にそんな酷《ひど》い噂と厨二《ちゅうに》臭い二つ名が……。許せん……。

「……僕は【雷帝】なんて二つ名を名乗った覚えはありませんし、無闇矢鱈《むやみやたら》に人に雷を落とすこともありませんよ？」

「えっ⁉　そうなんスか⁉」

「そうです。今は試合ですから、雷の一つや二つは落としますけど……ね！」

『雷矢雨《サンダーレイン》』

「うわわわわ！　やっぱり本当じゃないッスか‼」

マオさんは走りながら雷矢《サンダーアロー》の雨を躱していく。中々すばしっこい娘《こ》だ。

『墜雷雨《サンダーボルトレイン》』

「ひぎゃあああ‼　まっ！　やめっ‼」

雷矢《サンダーアロー》の雨が止《や》む間もなく、今度は雷を落としまくる。マオさんは半泣きで転がりながらそれらを回避する。あ、掠って服が焦げてる。

「さ、流石【雷帝】だぜ……女の子にも容赦ねぇ……」

「【雷帝】の逆鱗に触れてはいけないんだ」

外野から【雷帝】という恥ずかしい単語がちょいちょい聞こえてくる。止めてくれ。

「くっ⁉　本気で行くッス！　『跳脚《チョウキャク》』！」

マオさんは足に気力を集中させ、目にも見えないほどの速さで跳躍してきた。勢いそのままで放たれた蹴りを、夜一《ヨイチ》で弾《はじ》き飛ばす。

「マジッスか⁉　でも、まだまだッス！　奥義《おうぎ》『爆勁掌《バクケイショウ》』‼」

マオさんの掌底が僕の鳩尾《みぞおち》に向けて放たれる。その掌《てのひら》に集中した気力に危険を感じ、マオさんの手首を摑《つか》んで地面へ叩《たた》きつけた。

マオさんの掌が触れた瞬間、爆音と共に闘技場の床が砕け割れ、破片が飛び散った。あまりの威力に背に伝う冷や汗を感じつつ距離を取る。

「な、なんとぉ！　マオ選手の奥義、凄《すご》い威力です！　床が粉々になっております！　そしてそれを難なく往《い》なしたシリウス選手、流石です！」

恐らく今の技は、浸透勁《しんとうけい》と呼ばれるものの一種だろう。気力を浸透させて内部から破壊する技だ。障壁や武器で受け止めていたら内部から破壊されていたかも知れない。

これは手加減とかしている場合ではなさそうだ。

「初見で『爆勁掌《バクケイショウ》』を躱されるなんて……流石ッス……！」

「恐ろしい技ですね。気力を浸透させて内部から破壊するとは」

「ッ⁉　まさか一回でそこまでバレるとは思わなかったッスね……」

「似たような技を見たことがあったので……。では、そろそろ決めさせてもらいますよ！」

そう言って僕が構えると、マオさんも起き上がって構えを取る。

しかし、時既に遅し。

「え――」

母さんから教わった最上級歩法『縮地《シュクチ》』。マオさんが使った『跳脚』の上位技術だ。

一瞬でマオさんの目の前に接近し、その移動速度を剣撃に乗せて叩きつける。マオさんは、僕に気づいた時には既に闘技場の障壁に叩きつけられて退場させられていた。

「し、勝者、シリウス選手‼　最後、一体何が起こったのでしょう⁉　気づいたらマオ選手が障壁に叩きつけられておりました！」

「い、今のは……もしかして……」

退場し呆然《ぼうぜん》としているマオさんに手を差し伸べる。

「お疲れ様です、いい勝負でした」

「お、お疲れ様ッス……。最後のはもしかして、『縮地』……⁉」

「そうですよ」

「マジッスか⁉　まさか同学年に『縮地』を扱える人がいるなんて……」

「たまたま教えてくれる人がいたので……」

「教わってできるようなものじゃないッスけどねぇ」

マオさんがジト目で見つめてくる。マオさんならすぐできるようになりそうだけどなぁ。

「良かったら今度教えてもらえないッスか？」

「勿論、構いませんよ」

「やったッス！」

マオさんはピョンピョンと跳ねて喜んでいた。

二回戦は、いきなりロゼさんとムスケルの戦いであった。

「はっはっは！　ロゼ殿との勝負であるか！　燃えてくるであるな！」

「ほんとに燃やしてあげる」

「はっはっは！」

腰に手を当てて高笑いするムスケルと、真顔で杖《つえ》を持つロゼさん。対照的な二人だ。

「さぁ、二回戦！　最初は一学年同士の戦いです！　全てを燃やし尽くす灼熱《しゃくねつ》少女、ロゼ選手！　対するは筋肉の化身、ムスケル選手です！　炎対肉体、どちらが勝つのでしょうか‼　それでは試合……開始‼」

「『爆炎弾《ブレイズランチャー》』」

「『筋肉波動《マッスルインパクト》』ォッ‼」

二人が放った攻撃が闘技場の中心でぶつかり合い、爆発を起こす。

「むぉおっ‼　『筋肉強化・速《マッスルブースト・スピードタイプ》』ゥ！　『筋肉加速《マッスルダッシュ》』‼」

ムスケルは腕をクロスして爆炎の中を突っ切りロゼさんに向かって駆ける。

「ッ⁉　『反炎爆《カウンターブレイズ》』」

炎に包まれたロゼさんにムスケルがそのまま体当たりをかます。ムスケルが炎に触れた瞬間に爆発を起こしムスケルが仰《の》け反るが、衝撃は殺しきれなかったようでロゼさんも吹っ飛ばされていた。

「くっ！　筋肉馬鹿……」

「ぶっふぁ！　熱い！　熱いですぞ‼」

あの爆炎を食らってただ熱いってだけで済むのはムスケルくらいではなかろうか。

「『爆炎《ブレイズボム》』」

「『筋肉強化・力《マッスルブースト・パワータイプ》』‼」

ロゼさんの追撃を、ムスケルは筋肉を肥大化させて受けきった。

「筋肉の前では！　全て無力‼　『筋肉激突《マッスルクラッシュ》』！」

身体《からだ》の所々が焦げ、煙を上げたままムスケルがロゼさんに突っ込む。

「『炎障壁《フレイムバリア》』『炎刃《バーンエッジ》』」

ロゼさんは障壁を張りつつ炎の刃《やいば》を突き出す。ムスケルはそれを見て目を瞠《みは》り、腕を刃に当てて防ごうとする。

「ッ⁉」

「ぬぐはぁっ！」

ムスケルの凄《すさ》まじい勢いの突進により刃はムスケルの喉に深々と突き刺さり、ムスケルは退場させられた。ロゼさんも衝撃で闘技場の障壁まで吹き飛ばされていたが、『炎障《フレイム》壁《バリア》』でなんとか衝撃を軽減できていたようだ。

「勝者、ロゼ選手‼　強靭《きょうじん》な筋肉をも貫く炎の刃が決め手でした！　なんと、一学年にして準決勝進出です！」

「むぅ……、まさかロゼ殿が近距離魔術を行使するとは……」

「油断大敵」

「そのとおりであるな！　楽しかったである、感謝である！」

「こちらこそ」

ロゼさんとムスケルが控室へ帰ってきた。

「ロゼさん、準決勝進出おめでとうございます。ムスケル、お疲れ様です」

「ありがとう。シリウス、決勝で戦おう」

「そうですね、頑張ります！」

ロゼさんの燃えるような真紅の瞳を受け止め、この二回戦も絶対勝つぞと改めて気合を入れた。

「さて次は、遂《つい》に前武道祭優勝者、シオン選手が登場です！　対するは同じく三学年、大剣を手足のように軽々と振り回すマルコット選手！」

大歓声の中、前回優勝者のシオン先輩が闘技場に登場した。シオン先輩は茶髪で細身のイケメンであった。クラスで人気のあるスポーツ万能のサッカー少年のようなリア充オーラが半端《はんぱ》ない。爽やかな笑みを浮かべ周りに手を振るシオン先輩。手甲を両手に装備しており、腰にはチャクラムがいくつかぶら下がっていた。

対するは大柄で筋肉質なマルコット先輩。無骨な大剣を背負っている。

「マルコット、よろしく頼む」

「シオン、本気で行くからな！」

二人は仲よさげに握手を交わし、定位置に付く。

「それでは試合開始‼」

無手で構えを取るシオン先輩と大剣を抜き放つマルコット先輩。しばらく睨《にら》み合った後、マルコット先輩が地を蹴りシオン先輩に斬りかかった。

「『二重剣《ダブルブレード》』‼」

マルコット先輩の剣がブレはじめ、そのままシオン先輩に斬りかかった。シオン先輩が迫りくる大剣に片手を添えると、剣の軌道が逸《そ》らされて地面に突き刺さった。

そして地面には二本の剣跡が刻まれていた。

『闘気』か……。恐らく、気力により刃を具現化し、攻撃を二重にしているのだろう。攻撃を片方防がれても二撃目を当てることができる。単純だが、力が拮抗《きっこう》している場合はその手数の差が勝敗を分けそうだ。

その後もマルコット先輩はまるで細剣でも振っているかの如《ごと》く高速で剣撃を放っていく。そしてシオン先輩はやはりその剣撃に片手を添えてひらりと躱《かわ》し続ける。いや、剣撃を逸らし続けている。シオン先輩が手を添えると、剣が明らかに物理法則を無視した軌道で逸らされるのだ。

「相変わらず全く当たる気がしねぇな！　一回くらい当たってくれてもいいんだぜェ⁉」

「ふふっ！　こんな攻撃、一度でも当たったら一溜《ひとたま》りもないじゃないか！」

高速の連撃を放ち続けているマルコット先輩は、疲労が見えはじめる。流石《さすが》にあれだけの質量がある大剣を素早く振り続けていたら疲れるだろう。そして遂に気力の限界がきたのか、『二重剣《ダブルブレード》』が解除されてしまった。

「待っていたよ‼」

シオン先輩は今まで受け流すだけであった右手を、勢いよく剣の側面に突き出した。すると大剣がマルコット先輩の手から弾き飛ばされ、高速で回転しながら宙に舞った。シオン先輩はすぐさまマルコット先輩の懐《ふところ》に入り込み、腹部に掌底を叩き込んだ。

「ガッハァ‼」

マルコット先輩は螺旋《らせん》を描きながら吹き飛び、障壁に叩きつけられて退場させられた。

「勝者、シオン選手！　やはり、やはり前回優勝者‼　大剣のプロフェッショナル、マルコット選手の攻撃を掠《かす》りもせずに完封してしまいました‼　強すぎます‼」

この試合、シオン先輩はほとんど力を使わずに勝ってしまった。強いということは分かるのだが、戦力は全く分析できなかった。シオン先輩の底の知れない強さに、高揚感は一層高まるのであった。

「次の試合は二学年最優秀者、氷の女王クリステル選手！　そして三学年、ゴーレムマスターウェイン選手です！　上級魔術師同士の勝負、一体どうなるのでしょうか！」

「よろしくお願いいたしますわ」

「よろしく頼む」

水色の長髪をなびかせるクリステル先輩は、魔石の埋め込まれた指輪をいくつか装備していた。対してウェイン先輩はかなりごつい長杖《ちょうじょう》を装備している。

「では、試合開始！」

「『クリエイトゴーレム』」

「『氷結界《アイスバーン》』『氷槍雨《アイシクルレイン》』」

ウェイン先輩が杖で地面をトンッと叩《たた》くと、地面から五体のゴーレムが湧き上がってきた。それぞれが大剣、剣盾、大鎌、槍《やり》、弓を装備しており、騎士のような出《い》で立ちである。

その発動を見たクリステル先輩は『氷結界《アイスバーン》』で地面を凍結させ、スケートリンクのようにしてしまった。更にそれぞれのゴーレムとウェイン先輩に向け氷の槍を無数に放つ。

「ッ!?　『炎障壁《フレイムバリア》』！」

　ウェイン先輩は咄嗟《とっさ》に炎障壁《フレイムバリア》を発動し、自らに飛来する氷の槍を防ぐ。しかしゴーレム達は足を地面に凍りつけられているため避《よ》けられず、もろに攻撃を食らっている。そして氷の槍が突き刺さった箇所から凍結化が進み、あっという間にゴーレム達は氷の中に封じ込められてしまった。

「くっ！　『土槍《グランドランス》』」

「『氷柱《アイスピラー》』」

　ウェイン先輩が放った『土槍《グランドランス》』を、クリステル先輩は自らの足元に発動させた『氷柱《アイスピラー》』に乗って回避。本来『氷柱《アイスピラー》』とは直線的に柱を作る魔術であったはずだが、クリステル先輩はそれを自由自在に操り高速移動に用いていた。さながらジェットコースターのレールのようだ。

「『氷槍雨《アイシクルレイン》』！」

「『炎障壁《フレイムバリア》』！」

　クリステル先輩はウェイン先輩の周囲を高速で移動しつつ、全方位から『氷槍雨《アイシクルレイン》』を飛ばす。ウェイン先輩は『炎障壁《フレイムバリア》』でそれを防ぐも、発動時間が短く連続発動制限のある障壁系魔術で攻撃の嵐を防ぎきることができない。障壁が解けると同時に氷の槍が様々な方向から突き刺さり、ウェイン先輩は闘技場から退場させられた。

「勝者、クリステル選手‼　氷の女王が初手でゴーレムを封じ込め、魔術師とは思えない動きで完封しました！　これはもしかして、またもや二学年から優勝者が出てもおかしくないでしょう！」

精神力、魔力、そして『氷柱《アイスピラー》』をアレンジする魔術への理解度、どれをとっても驚異的だ。しかもこの人も全く底を見せずに勝利してしまった。

「次の試合は、一学年シリウス選手対三学年リヴィオス選手です！　雷の如き速さを誇るシリウス選手と、神速の双剣士リヴィオス選手のスピード対決となりそうです！」

闘技場に上がると、向かいから細身の長剣を佩《は》いた痩身《そうしん》のイケメンが現れた。

「シリウス君、君の試合を見させてもらったが……強いね。まさかその歳《とし》で僕に匹敵する速さを誇るとは驚いたよ。この試合、後輩だからと舐《な》めたりはしない、全力で狩らせてもらう……！」

「こちらも全力で戦わせていただきます！」

リヴィオス先輩は白く輝く美しい装飾の施された双剣を流麗な動きで構えた。それに合わせ、僕も腰の刀に手を添えて戦闘態勢を整える。

「それでは、試合開始ッ‼」

『雷光付与《ライトニングオーラ》』

「『加速《アクセラレーション》』」

僕が雷を身に纏《まと》うと同時に、残像を残すほどの速さでリヴィオス先輩が目の前に現れた。リヴィオス先輩が瞬《またた》く間に放った二連撃の片方を夜一《ヨイチ》で弾き、もう片方は身体《からだ》を捻《ひね》り回避する。リヴィオス先輩の目にも留まらぬ剣速に会場がどよめく。次々に放たれる剣閃《けんせん》を受け流し、躱し、僕は徐々に後退していく。甲高い金属のぶつかり合う音が響き、白剣の煌《きらめ》きと放電による光が忙《せわ》しなく瞬く。

「ここまで僕の剣をまともに受けられたのは初めてだよッ‼」

リヴィオス先輩は嬉《うれ》しそうに口端《くちのは》を吊《つ》り上げながら剣を振るい続ける。

明らかに肉体の制限以上の速度を再現している闘気『加速《アクセラレーション》』。その限界を超えた速度に、リヴィオス先輩の肉体からはブチブチと何かが断裂するかのような不穏な音が鳴りはじめていた。リヴィオス先輩は顔を歪《ゆが》め、バックステップで距離を取った。

「くっ！　ここまで発動時間を延ばされたのは初めてだ――」

無論休む時間は与えない！　退《ひ》こうとするリヴィオス先輩に追い縋《すが》り、鞘《さや》から夜一《ヨイチ》を抜き放つ。リヴィオス先輩はまさか追撃が来るとは思わなかったのか一拍遅れて剣で防御を行うが、夜一《ヨイチ》の剣速と重量による威力に耐えきれずに吹き飛び障壁に叩きつけられた。

「ガハッ！　クソッ……これはシオンに取っておきたかったが仕方ない……。これが俺の本気だ！　『加速・二乗《アクセラレーション・トゥワイス》』‼」

障壁に叩きつけられたリヴィオス先輩に追撃を放ったが、リヴィオス先輩は先程までとは比較にならない速度で横に跳躍して回避した。あまりの加速にリヴィオス先輩が蹴った箇所から床材の破片が舞う。想像以上の加速である。

――本当は決勝まで見せたくはなかったのだが、勿体《もったい》ぶって敗れては元も子もない。

『瞬雷《ブリッツアクセル》』

僕の動体視力の限界に迫るほどのリヴィオス先輩の動きを捉えるため、『瞬雷《ブリッツアクセル》』により肉体と思考を超加速させる。世界がスローモーションで流れ、リヴィオス先輩が死角に回り込みタイミングをズラして放った二つの剣閃が視界に映る。

全てが遅延して映るその世界の中、剣閃の間を縫うように夜一《ヨイチ》の居合斬りを叩きつけた。

リヴィオス先輩の剣閃が僕に届くことはなく、彼は闘技場の外に退場させられていた。

一拍遅れて、会場は歓声で包まれた。熱い視線を感じて観客席に目を向けると、シャーロットさんがぴょんぴょん跳ねながら何事かを叫んでいるようであった。

「な、な、何が起こったのでしょうか⁉　二人の動きが速すぎて何が起こったのか私には分かりません！　分かりませんが、高速の戦いを制したのは、一学年シリウス選手です‼　なんと今年は二人も一学年が準決勝に進出するという異例の快挙です‼」

控室に戻ると、ロゼさんが当然という表情で待っていた。

「決勝まで負けないで」

「あぁ、ロゼさんこそ。次は前回優勝者だからね、頑張って！」

「私は負けない」

不敵に笑うロゼさんであったが、どこか微笑《ほほえ》ましい姿だ。

「シリウス様、失礼いたします」

背後に気配を感じ振り向くと、そこには執事のような格好をした老人が腰を折っている姿があった。

「シャーロット様がお会いになりたいと……。お時間、いただけますか？」

また目立つようなことをして……。そう心の中でひとりごちるが、有無を言わさない圧力に無言で頭を縦に振るしか選択肢はなかった。老執事に付いていくと、そこでは国王と王妃、そして王女がお茶を飲みながら談笑していた。そして一歩下がった位置に騎士団長のリィンさんが控えている。僕が部屋に入った途端、シャーロットさんはぱあっと顔を輝かせて駆け寄ってきた。

「シリウス様ッ‼　シリウス様の勇姿……あの……とても、素敵でしたわ……」

　朱に染まりはじめた頬を両手で包みながら、シャーロットさんが僕を見つめる。誰もが振り返るような美少女の王女様にそんなことを言われ思わずドキリとしてしまうが、内心を悟られないよう項《うなじ》を撫《な》でながら答えた。

「あ、ありがとうございます。国王陛下、王妃殿下、シャーロットさん、リィン騎士団長、お元気そうでなによりです」

「あぁ、我が国の未来を担《にな》う冒険者達を見に来たのじゃが……中々面白い戦いじゃったぞ」

「は、ありがたきお言葉です」

　跪《ひざまず》き、頭を下げる。

「あー、よいよい。これは非公式な、言わば娘の友人に会いに来たようなものじゃ。堅苦しい礼は不要じゃ」

「かしこまりました」

　国王陛下は面倒そうに手をひらひらと振っている。あまり王族然としていない人達だが、そこが好ましくも感じる。

「シリウス様、あの、良かったら学園祭を案内してくださらないかしら？」

そこへシャーロットさんが爆弾を投下した。王女がうろちょろなんてしてたら大変なことになるぞと目を丸くする。

「えっ⁉　いや……この人混みの中に王女殿下をお連れするのは、あまりに危険だと存じます。恐らく人も集まってくるでしょうし……」

「そこは大丈夫じゃ。認識阻害の魔導外套《がいとう》があるからの。そこまで強力な効果ではないが、パッと見で気づく者はまずいないじゃろう」

何という用意周到さ！　計画通りとでも言いたげにニヤニヤとしている国王陛下を見ると、これは筋書き通りの展開なんだろうと簡単に予想できた。

「ダメ……ですか……？」

仕上げにうるうると輝く瞳で見つめてくるシャーロットさん。

……これは反則でしょ……。

「……僕の友人達に同行してもらうというのは……いかがでしょうか？」

流石《さすが》に王女と二人きりで学園祭の中を歩くというのは——楽しいかも知れないが——正直緊張するし、万一気づかれた場合に大変な噂《うわさ》が流れてしまうだろう。その点、クラスメイトを交えれば僕へ向く意識も軽減できるだろう、と目論《もくろ》む。

「……許可します」

シャーロットさんは少しだけ頬を膨らませつつも、意図を汲《く》んでくれたのか渋々といった形で了承してくれた。

キャッキャウフフと美少女四人がクレープを頬張る姿は微笑ましくもあり、非常に目を引くものであった。加えてグループには加わっていないものの、普段は抜き身の剣のような鋭さを持つ美しき騎士団長も目を瞑《つぶ》りながら甘味を堪能《たんのう》していた。

そしてそんな美少女達と共にいる僕とランスロットは周囲の男子からの射殺すかのような視線を一身に浴びていた。

後ろではっはっはと笑っているムスケルは同学年であるのにも拘《かか》わらず休日のお父さんポジションとなっており、例外のようだ。

王女殿下をクラスメイトに紹介したところ最初は皆恐縮しきりであったのだが、「お友達としてシャーロットとお呼びください」というシャーロットさんの歩み寄りから、いつの間にか女子四人はあっという間に仲良くなってしまった。最初は何故《なぜ》かお互い身構えていたのだが、四人で暫《しば》く小声で話し合ってから唐突に距離が縮んでいた。

「これをシリウス様が発明されたのですか⁉　うちのシェフの作るデザートより断然美味《おい》しいです‼」

クレープを頬張り、興奮気味に詰め寄ってくるシャーロットさん。

「シャーロットさん、クリームが口に」

「あっ⁉　恥ずかしいです……。シリウス様、取っていただけませんか？」

顔を赤らめながらもじもじと顔を差し出してくるシャーロットさん。心なしか唇が少し突き出されているようにも見える。美少女が目を瞑り唇を差し出してくる姿に、つい目を逸《そ》らしてしまう。

「ちょ‼　シャーロットさん‼　私が取ってあげますから！　はい、動かないで！」

そこへエアさんが割り込み、若干雑にハンカチでクリームを拭き取った。

シャーロットさんがエアさんに鋭い視線を向けるが、エアさんはそれを軽く受け流す。

「シャーロットさん……油断ならない……」

アリアさんはジト目でシャーロットさんを見つめていた。シャーロットさんとの学園祭巡りは目の保養というか幸せと言っても過言ではない時間であったが、その分精神的には少し疲れてしまった。


武道祭最終日、闘技場は今まで以上に盛り上がっていた。

「さてさてさて！　本日はいよいよ準決勝戦と決勝戦です！　まずは……炎の化身、灼《しゃく》熱《ねっ》少女こと一学年ロゼ選手と前回優勝者、三学年シオン選手の対決です‼　一学年にして準決勝まで進出してきた鬼才は前回優勝者を打ち破ることができるのでしょうか⁉」

闘技場では身の丈以上の長杖《ちょうじょう》を持ったロゼさんと、涼しい顔をしてにこにことしているシオン先輩が向かい合っている。ロゼさんは気合十分といった様相で、既に陽炎《かげろう》が立ち上る程の魔力を発散させ、周囲の空気を歪ませている。一方そんな鋭い空気を感じさせない軽薄さをもって、シオン先輩は手足をぷらぷらと揺らし軽いストレッチを行っていた。

「それでは準決勝戦……開始‼」

「『炎槍雨《フレイムレイン》』」

試合開始と共に、ロゼさんが無数の炎の槍《やり》を射出した。高速で飛来する槍をシオン先輩は軽快なステップで躱《かわ》していく。

「『爆炎《ブレイズボム》』」

ロゼさんはシオン先輩に攻撃を躱されても眉一つ動かさずに炎の槍に小さな火の玉を混ぜていく。そして火の玉はシオン先輩が避《よ》けた瞬間に爆裂した。

耳を劈《つんざ》くような爆音を伴い、シオン先輩の目の前でいくつもの爆炎が迸《ほとばし》る。

完全に直撃したというタイミングであったが……シオン先輩は羽虫を払うかの如《ごと》く手を払い、爆炎を霧散させた。

「ふうん、なるほどね」

『爆炎《ブレイズボム》』を事もなげに防いだシオン先輩を見て、ロゼさんが眉を顰《ひそ》める。

「『爆炎弾《ブレイズランチャー》』」

ロゼさんは手を休めずに、即座に炎の尾を引く弾丸を放った。それも同じくシオン先輩が軽く手を振ることで簡単に散ってしまう。

「熱い、ね。余波だけでこれとは相当な熱量だ。君は優秀な後衛だね。でも、一対一の勝負には向いていないタイプだ」

シオン先輩による評価にロゼさんはむっとする。先輩はそんなロゼさんを見てフッと爽やかに笑った。

「行くよ？」

シオン先輩は軽い足取りで地を蹴り、ロゼさんに急接近した。

「くっ！『炎槍雨《フレイムレイン》』！」

ロゼさんは背後に下がりつつ、迫り来るシオン先輩に向かって炎の槍を射出する。シオン先輩が手で軽く払うと、炎の槍は螺旋《らせん》を描き先輩の身体《からだ》を自ら避けていく。それを目撃し、今までなんとか冷静を保っていたロゼさんの目が見開かれた。

「――ッ⁉　物理的干渉⁉」

「どうかなッ⁉」

ロゼさんの魔術を全て無効化したシオン先輩は瞬《またた》く間にロゼさんに接近していた。

「『炎障壁《フレイムバリア》』『炎刃《バーンエッジ》』！」

シオン先輩の放った拳がロゼさんの障壁とぶつかり、火花を散らす。障壁に阻《はば》まれたシオン先輩にロゼさんが炎の刃《やいば》を振り下ろした。しかしシオン先輩にとって魔術師であるロゼさんの振るう刃はあまりに単純で遅緩なもの。余裕を持って回避しつつロゼさんの後ろに回り込み、障壁に掌底を叩《たた》き込む。

まるでガラスが割れるかのような甲高い音を立て、ロゼさんの障壁が砕け散った。

「『反炎爆《カウンターブレイズ》』ッ！」

障壁が砕けると同時にロゼさんが炎に包まれ、自動反射の防御壁が構築される。しかしシオン先輩はロゼさんを包み込む炎に目もくれず、そのまま拳を叩き込んだ。

「な――ガッ⁉」

『反炎爆《カウンターブレイズ》』による爆炎は先輩に一切の熱傷を与えることなく拳から放射状に霧散し、先輩の拳は何の障害もなく真《ま》っ直《す》ぐにロゼさんを貫いていた。

「勝者、シオン選手！　決勝進出です！　優秀な後輩に前回優勝者の威厳を見せつける形となりました！」

大歓声の中、観客に手を振り笑顔で応えるシオン先輩。闘技場から退場させられていたロゼさんは杖《つえ》をついて立ち上がり、足取り重く控室へ戻ってきた。

「…………負けた」

俯《うつむ》き、いつも以上に小さな声でロゼさんは僕に一言告げた。そんなロゼさんを見ていられず、思わず頭をぽんぽんと撫でた。

「ロゼさんは頑張りましたよ。敵は僕がきっちり取ります」

黙って頷《うなず》くロゼさんをもう一度軽く撫で、闘技場に足を向けた。

闘技場に上がると、クリステル先輩が堂々としたオーラを放ち待ち構えていた。

「クリステル先輩、お待たせしました」

「いいえ構いませんわ。シリウスさん、お手柔らかにお願いいたしますわ」

クリステルさんはふわりと優雅に一礼し、不敵に笑った。

言葉と表情が一致してないんだよなぁ……。負けませんわって顔に書いてある。

「準決勝二戦目‼　一戦目と同じく一学年、雷帝シリウス選手対二学年、氷の女王クリステル選手です！」

ユリア先輩の雷帝という言葉に思わず苦笑いが漏れる。

そんな僕を見てクリステル先輩は微笑《ほほえ》んでいた。

「ふふっ」

「……なんですか？」

「いえ……申し訳ありませんわ。こうして見ていると本当にただの可愛《かわい》い少年にしか見えませんのに……と思いまして」

確かに入学可能な最低年齢である自分は他の人からしたら子どもにしか見えないのかも知れないが……複雑な心境である。

「か弱い少年なので手加減してくれたりしませんか？」

「か弱い少年であればこんな場所にはいらっしゃいませんわ」

「違いないですね」

ハハハ、フフフと互いを探り合いつつ、談笑を交わす。

「それではそろそろ行きますよ！　準決勝二戦目……開始‼」

「『氷結界《アイスバーン》』『氷槍雨《アイシクルレイン》』」

試合開始と共にクリステル先輩は地面を凍結させ、複数の氷の槍を放ってきた。クリステル先輩の『氷槍雨《アイシクルレイン》』に合わせて『雷槍雨《ライトニングレイン》』を放つ。先輩の込めた魔力量を『解析』し、若干上回る威力で放った『雷槍雨《ライトニングレイン》』は先輩の魔術を全て撃ち落としつつ、そのまま先輩に飛来した。

「『詠唱破棄』でその威力……規格外ですわね……！　『氷華《グラスフィオーレ》』」

クリステル先輩の周囲に五輪の氷の華が浮かび上がり、雷の槍から身を護《まも》る盾となる。氷の槍に威力の大半を削られていた雷の槍は、氷の華によって簡単に防がれた。知らない魔術であったが、上級魔術クラスの力を秘めていることは一目瞭然であった。

そして試合開始と共に創られた氷のフィールド。スケートリンクのような地面は酷《ひど》く滑りやすく、近接戦闘の要である機動力を奪い去る。魔術師の弱点を突かれないよう、相手を接近させないことを徹底しているようだ。この氷のフィールドで戦うためにはいくつかの対策が思いつくが……。

「『細氷《ダイヤモンドダスト》』」

どう戦うか数秒脳内でシミュレーションしていると、クリステル先輩に機先を制された。瞬く間に闘技場の気温が低下し、細かい氷の結晶が漂いはじめる。大気中に漂う氷晶は光をキラキラと反射し、輝いていた。

「ふふふ……。シリウスさん、貴方《あなた》は相手の動きを観察することを重視しているようですわね。しかし私相手に限っては、その時間が命取りでしたわね」

不敵に笑いながら語るクリステル先輩の言に眉を顰める。闘技場を満たすクリステル先輩の魔力をピリピリと肌に感じ、それを証明するように『魔力感知』が乱されている。

……この氷晶全てがクリステル先輩の魔力の結晶なのか……？　嫌な予感がして、背筋に冷や汗が伝う。

「もうこのフィールドは、私が支配しましたわ！」

背後に魔力の高まりを感知し、即座にその場を飛び退《の》いた。そのまま滑らないように氷を叩き割る程の力を脚に込めて、クリステル先輩へ向けて地を蹴る。

背後から迫る氷の槍を『物理探知』で確認し、振り返らずに夜一《ヨイチ》で迎撃する。『詠唱破棄』……いや、『細氷《ダイヤモンドダスト》』で散らした氷と魔力を使っているのか？

「貴方の脚力はどうなっていますの⁉　『氷柱《アイスピラー》』‼」

凄《すさ》まじい勢いで氷を割りながら接近してくる僕にクリステル先輩は顔を青ざめさせ、即座に『氷柱《アイスピラー》』で宙空に退避した。

「雷魔術師を相手に高い場所へ逃げるのは下策ですよ、先輩！」

即座に『墜雷《サンダーボルト》』を放つ。魔術により生み出された雷はまるで避雷針に吸い寄せられるかのようにクリステル先輩に直撃した。

「くうっ！　やりますわねッ……！」

それを障壁で防いだクリステル先輩は低空機動に切り替え、地を跳ねるように『氷《アイス》柱《ピラー》』で距離を取りはじめた。そして距離を取りつつも様々な角度からノンアクションで

『氷槍《フリージングランス》』を放ち続ける。通常、術者から射出されるはずの『氷槍《フリージングランス》』が死角から、しかも『詠唱破棄』で次々と襲いかかってくるのを僕は夜一《ヨイチ》で往《い》なしていく。『細氷《ダイヤモンドダスト》』により『魔力感知』を乱されているため、僅かな魔力の高まりの感知と『物理探知』の併用でギリギリ迎撃できている状態だ。またクリステル先輩の低空機動も普段の僕であれば余裕で追いつく速度であったが、氷の槍を迎撃しつつ強く踏み込んで氷を割りながら移動せねばならず、中々距離が縮まらない。

「す、凄まじい攻防です‼　クリステル選手、怒濤《どとう》の魔術の嵐をシリウス選手に浴びせています！　シリウス選手、中々クリステル選手に近づくことができません‼」

このままでは埒《らち》が明かないな。とにかく氷のフィールドが鬱陶しい。

これをどうにかするには……。脳内で急ぎ術式と魔術イメージを固めていく。試合中だ、簡易的なものでいい。単純にこのフィールドをどうにかできさえすれば。粗だらけであるがこの状況に対応するには必要十分であろう魔術を脳内で構築し終える。

ぶっつけ本番であるため、少しでも安定性と効果を高めるために魔術名を紡《つむ》ぐ。

「『伏雷《フシイカヅチ》』」

発語と共に右脚を踏み抜く。けたたましい放電音と共に、踏み抜いた箇所から放射状に雷が地を這《は》い、闘技場を眩《まばゆ》い光で照らした。

地を走る電流によって、氷のフィールドがひび割れ、溶解していく。

「きゃぁっ⁉」

低空を移動していたクリステル先輩は、直撃はしなかったものの、突然の放電音と舞い上がる氷の破片に驚き腕で顔を覆った。すかさず『雷光付与《ライトニングオーラ》』で敏捷《びんしょう》性を強化し、一足飛びに肉薄する。クリステル先輩が顔を覆った腕を解き僕を視認した時には、手が触れる距離まで接近していた。

「――ッ⁉『氷華乱舞《ダンス・フィオーレ》』‼」

クリステル先輩へ夜一《ヨイチ》を振り抜く。同時に先輩の周囲に浮遊していた氷華の花びらが舞い、攻撃に割り込んできた。五輪の華の五枚の花びら、合計二十五枚の氷の刃が四方八方から襲いかかってくる。

『瞬雷《ブリッツアクセル》』

雷を身に纏《まと》い、振るう刀が残像を残す。超加速した夜一《ヨイチ》の威力は跳ね上がり、まるで薄ガラスを割っていくかの如《ごと》く一瞬で二十五の花びらが氷の結晶となり舞い散った。

「うそ……」

信じられないものを見たかのように目を瞠《みは》るクリステル先輩に、容赦なく夜一《ヨイチ》を叩き込む。

その黒い刀身により意識を手放した先輩は、闘技場の外へ退場させられた。

「な、な、なんとぉぉぉ!?　ま、まさか勝ってしまいました！　シリウス選手、なんと一学年にして決勝戦進出決定です‼　本大会初の一学年選手の決勝戦進出です‼」

ユリア先輩の宣言の後、一拍遅れて会場は大歓声に包まれた。何かを叫び手を振っているシャーロットさんとクラスメイトを見て、僕は笑顔を向け手を振り返した。

クリステル先輩との戦いを終え小休止を挟んで、すぐに決勝戦ははじまった。

「それではセントラル冒険者学校武道祭、決勝戦を行います‼　まずはこの人、前年度武道祭を二学年にして優勝。今年も余裕の表情で決勝戦の舞台に現れました。学校最強の称号を護り切ることはできるのか⁉　シオン・エフォート選手‼」

「「「うおおおおぉぉぉ‼」」」

決勝戦になり会場のテンションはピークに達し、嵐のような歓声に空気が震えている。

シオン先輩はニコニコと微笑みながら観客に手を振っている。

「対するは、まさかの一学年、十二歳にして決勝戦進出。魔術と剣術の両方を駆使する天才児‼　最年少優勝記録を塗り替えてしまうのか⁉　シリウス・アステール選手‼」

「「「うわあああぁぁぁぁ‼」」」

歓声を一身に浴びつつ、努めて笑顔を作って観客席に手を振る。こういうのは苦手なのだが……クラスメイトからのアドバイスを受け、ぎこちなく笑顔を作っている。

「うん、こうして向かい合うと分かるね。君の強さが」

シオン先輩が手を差し出してきたので、握手をした。僕の手を握りつつシオン先輩が目を細めた。

「光栄ですが……殺気を放つのが早くないですか？」

「ふふ、動じない……か。楽しみになってきたね」

「こちらこそ楽しみです。胸を借りるつもりで頑張ります」

笑顔で応えて、シオン先輩の手を握り返す。先輩も無言で笑みを深め、背を向けて去っていった。もう言葉はいらないということだろう、背から迸《ほとばし》る気力をピリピリと感じる。

互いに開始位置に付き、武器に手を添える。

先輩の両脇にはチャクラムがぶら下がっていた。チャクラムの刃は鋸《のこぎり》のようにギザギザになっている。今までの試合で一度も使わなかったチャクラムであるが、この試合では使うつもりのようだ。

「それでは決勝戦をはじめます。……開始‼」

先輩は素早くチャクラムを引き抜き、指を輪に引っかけてクルクルと回しはじめた。いや、クルクルと回すというレベルではない。凄まじい速度で回転している。

――シャイィィイイン
そして回転するチャクラムを手放したかと思うと、チャクラムは回転したまま先輩の手甲に吸い付くように固定された。手の甲側に固定されており、まるで電ノコのようだ。チャクラムには気力が纏われているようだが、それとは別に手甲から雷系統の魔力を感じる。チャクラムを保持するために『磁力《マグネティック》』あたりの魔石でも埋め込んでいるのだろう。

先輩がチャクラムを装備している間に、こちらは『雷光付与《ライトニングオーラ》』で身体強化をしておく。

大体予想はついているが、先輩の能力をもう少しきちんと把握しておきたい。ちょっと小手調べをしよう。

『雷弾《サンダーバレット》』

周囲に無数の雷の弾丸を生み出し、マシンガンの如く射出する。シオン先輩は右手を前に翳《かざ》して弾丸の軌道を逸《そ》らせた。暫《しばら》く撃ち続けると、止《や》むことなく雨あられのように降り注ぐ弾丸に先輩は顔を引き攣《つ》らせ、左右にジグザグと動きながら接近してきた。

やはりな、とひとりごちる。

今までの試合を見てきて、シオン先輩の攻撃や防御に共通点があると分かった。それは、全てにおいて回転運動を利用しているということだ。例えば今も弾丸を逸らしているが、ただ逸らしているだけではなく螺旋《らせん》を描くように弾が逸れている。

回転力場を生成する闘気で十中八九間違いないだろう。今なお手の甲で高速回転しているチャクラムもその闘気を利用していると考えれば腑《ふ》に落ちる。チャクラムの回転と防御を同時に行っているあたり、あの年齢で既に闘気が洗練されていることが窺《うかが》える。

接近してきた先輩は『雷弾《サンダーバレット》』の雨を防ぎながら、左手のチャクラムを投擲《とうてき》してきた。

高速回転しつつ凄まじい速さで飛来するチャクラムは『雷弾《サンダーバレット》』を弾《はじ》き飛ばしながら迫り来る。

咄嗟《とっさ》に叩《たた》き落とそうとチャクラムを夜一《ヨイチ》で斬りつけると、予想外の凄まじい力で夜一《ヨイチ》が弾き飛ばされそうになり、上体が仰《の》け反る。

ギザギザの刃に武器を引っ掛けて回転力で相手の武器を弾き飛ばす仕組みか！

「隙あり！」

そこへ先輩がチャクラムを装着したままの右拳を放ってきた。弾き飛ばされる力に逆らわずに身体《からだ》を一回転させて、そのまま夜一《ヨイチ》を先輩の拳に叩きつける。

チャクラムと夜一《ヨイチ》がぶつかり合い、互いに弾かれるように後ろに跳躍する。先程投擲されたチャクラムは、着地した先輩の元へ放物線を描き戻っていった。

手甲を凹《へこ》ませるくらいできるかと思ったが、回転力場で運動エネルギーのベクトルを逸らされているようだ。手甲には傷一つ付いていない。

「その黒い刀、重いね。細さとは相反して暴力的な威力だ」

「先輩の回転力を生み出す闘気に簡単に逸らされちゃいましたけどね」

シオン先輩は僕の言葉にピクリと反応を示し、小さく嘆息した。

「流石《さすが》にもうバレてるか。そう、僕の闘気は『螺旋駆動《スクリュードライバー》』。ご想像の通り回転力を生み出す闘気だ」

堂々と自らの闘気を教えてくれるシオン先輩。回転力を生み出すという単純な闘気である分、知ったところで対策をとることが難しい技だ。隠しもせずに教えてくれるのは、知ったところでどうしようもないという自信からだろう。

実際、物理攻撃も魔術攻撃も簡単に防がれるというのは相当厳しい。

「シリウス君もウォーミングアップは終わったかな？　そろそろ本気で行くよッ‼」

そう言うとシオン先輩は今までの試合とは桁違いの密度の気力を練り上げていく。相当な気力量をきっちりと操り、高密度に圧縮している。無駄に漏れ出したりもしていない、美しい程の気力の操作だ。

不敵に笑みを零《こぼ》すシオン先輩は脚部に気力を集中し、その力を解放し地を蹴った。それと同時に両手のチャクラムを死角から攻めるように射出してくる。

まずは夜一《ヨイチ》で先輩を迎撃する。先輩は打撃系の武術の使い手のようで、滑らかな動きで拳や蹴りを放ってくる。夜一《ヨイチ》でそれを往なすが、一々攻撃に回転力をかけてくるため刀を引き戻して次の攻撃を受けるのに精一杯となり、中々こちらから攻めることができない。

重量のある夜一《ヨイチ》だからまだ完全に弾かれてはいないが、軽い武器であれば簡単に弾き飛ばされているだろう。

一合、二合、三合と瞬《またた》く間に放たれる攻撃を往なしていると、背後の二方向からチャクラムが飛来してきた。位置は『物理探知』により視認せずとも把握できている。チャクラムが目前に迫った瞬間、『磁　力《マグネティック》』により斥力を発生させてチャクラムを逸らす。

僕に迫ろうとする回転力と『磁　力《マグネティック》』による斥力がかち合い、チャクラムは僕の首筋スレスレに後ろから前へ飛んでいく。

そしてその僕の目の前には、蹴りを夜一《ヨイチ》により受けられたシオン先輩がいた。

「先輩、お返しします！」

「うおっ⁉」

先輩はすかさずバックステップを踏みながら両手を前に出して、回転したままのチャクラムを手甲に収めた。先輩の意識がチャクラムに行った隙に、すかさず『瞬　雷《ブリッツアクセル》』を発動して瞬時に死角へ移動し、夜一《ヨイチ》を抜き放つ。先輩に直撃するかと思われた剣撃であったが、またもや見えない力場に逸らされて地を穿《うが》つ。

しかし先輩も完全に力を逸らせたわけではないようで、軽く吹き飛ばされて受け身を取っていた。

「隙をついたと思ったのですが……全方向に発動しているとは思いませんでした」

「君の速さは侮《あなど》れないからね。それでもまさかここまでの速さと攻撃力を兼ね備えているとは、まだまだ侮っていたということかな」

先輩は苦笑しつつ軽くストレッチをし、笑顔を消して構えを取った。その真剣な様子にこちらも軽く腰を落とす。

「正直、君の底が分からない……。早めに奥の手を使わせてもらうよ」

言うが早いかシオン先輩は凄《すさ》まじい気力を込めて真下に拳を振り抜いた。シオン先輩のパンチを受けた闘技場の床は粉砕され、大小様々な破片が宙を舞う。

更にそこへ先輩が懐《ふところ》から布袋を取り出し、その中身をぶち撒《ま》けた。キラキラと光っている、小さな金属片のようだ。

「『螺旋駆動《スクリュードライバー》』‼」

先輩が両手を広げて気力を周囲に放出すると、粉砕された床材の破片が撒かれた金属片と共に先輩の周囲を回転しはじめた。更にその破片自体も回転をはじめる。さながら惑星の公転と自転のようだ。

一気に闘技場中の破片が集められ、シオン先輩の姿が周囲を回転する破片によってほとんど見えなくなった。僕が土魔術によって硬化させていた床材は、金属レベルの硬さを誇る。おまけに床材や金属片には雷魔術が効きづらい。更にはシオン先輩が撒いた金属片も混ざっている。それが凄まじい速度で回転しているのだ。当たればただじゃ済まない。

「『流星群《メテオストリーム》』‼」

シオン先輩が叫ぶと、まるで重力から解き放たれた隕石《いんせき》のように回転した破片が僕に向かって射出された。津波のごとく飛来する破片を見ながら、『瞬雷《ブリッツアクセル》』で加速させた思考を即座に巡らす。

攻撃魔術、到達する前に土弾を全て消滅させられるか分からない。

防御魔術、今使ってもジリ貧であるため緊急防御手段に取っておくべきだ。

刀で迎撃、急所だけならば可能だろうが全てを受けることは不可能だ。

回避、放射状に面で攻められているため避《よ》けきるのは難しいだろう。

空間転移《テレポーテーション》、この大勢の前では使いたくない。

……いや、待てよ。穴があるじゃないか！　すかさず『白気纏衣《ビャッキテンイ》』を行使し、『白気《ビャッキ》』を身に纏《まと》う。そして思い切り地を蹴り、上空へ跳躍した。間髪入れず直上に『空歩』によ

り足場を生成しシオン先輩の真後ろへ跳躍、着地する。

左手を地面に着けてなんとか着地の勢いを殺しつつ、右手を前に出し魔力を解き放った。

『雷極砲《アブソリュートスパーク》』

単体攻撃最強クラスの威力を持つ雷系統上級魔術『雷極砲《アブソリュートスパーク》』による眩《まばゆ》い光がシオン先輩を包む。認識できないほどの速度で回り込んだ死角からノータイムで放った上級魔術。流石に先輩でもこれを避けるのは厳しいはずだ。

しかし予想に反して、二十秒ほど経《た》ち光の奔流が収まる頃になっても勝負終了のゴングは鳴らなかった。

光により目視できないため『物理探知』により先輩の位置を確認すると、先輩は闘技場の障壁に密着するように座り込んでいるようだ。先輩の周囲には気力が渦巻いており、なおも『螺旋駆動《スクリュードライバー》』で身を護《まも》っていることが窺えた。

これを背後から受けても生きているなんて、嘘《うそ》でしょ……。非情で申し訳ないが、油断せずにとっとと終わらせる……！　光が収まると同時に縮地で先輩に急接近する。

諦めたように笑うシオン先輩を、僕は一太刀《たち》で斬り伏せた。


「「「…………」」」

会場は静寂に包まれていた。

「え、な、え⁉　あっ…………し、勝負あり！　目にも留まらぬ戦いを制し決勝戦を勝ち抜いたのは、一学年シリウス・アステール選手です‼　武道祭史上初の一学年での優勝者が誕生しました‼」

「「「うおおおおぉぉぉぉ‼」」」

会場が今までで最高の大歓声に包まれた。最初はこんなふうに目立ちたくないと思っていたんだけどな、と数日前の自分を思い出して苦笑する。いざ戦ってみると、本当に楽しかった。まさか優勝できるとは思っていなかったけれども。

国王陛下に呼ばれ、壇上に上がる。国王陛下って、こんな頻繁に顔を合わせるような存在でしたっけ？

壇上には国王陛下、第三王女のシャーロットさん、そして学長であるベアトリーチェさんが立っている。豪華に装飾されたキラキラと輝く剣を持ったシャーロットさんが一歩前に出てきた。

「武道祭優勝者、シリウス・アステール殿」

「はっ！」

僕も一歩前に出て、跪《ひざまず》く。

「素晴らしい戦いで、思わず見惚《みと》れてしまいましたわ。貴方《あなた》の強さでこの国を一層豊かにしてくれることを願っています」

シャーロットさんは凜々《りり》しくも可愛《かわい》らしい笑みを浮かべて続ける。

「武道祭優勝の証《あかし》に、この宝剣を授けます。今後のシリウス殿の活躍に期待しています」

差し出された宝剣を恭《うやうや》しく受け取る。非常に軽く、また魔力を帯びており僅かに光っているように見える。とても美しい剣だ。実用性はない模造剣のようなので、トロフィーみたいなものだろう。

「ありがたき幸せ」

剣を受け取ると、会場はまたもや割れるような大歓声に包まれた。

シャーロットさんはとても嬉《うれ》しそうにこちらを見つめており、国王陛下とベアトリーチェさんも満足げに微笑《ほほえ》んでいた。

この日僕は【学園最強】という全くいらない称号を手に入れ、以降否が応にも注目を集めてしまうこととなった。

第四章◆不死ノ迷宮

「シリウス君、おはよう……ございます……」

「アリアさん、おはようございます」

武道祭後の連休中、皆《みんな》で集まり勉強するために朝図書室へ入ると、アリアさんが心配そうな顔をしてこちらを見つめていた。誰かいるのかなと後ろを振り向くも、誰もいない。

僕が不思議そうにしていると、アリアさんがおずおずと口を開いた。

「あの、シリウス君……最近、大丈夫ですか……？　ちゃんと寝れてますか？」

「今日は新技の練習に夢中になっていたら気がつくと朝になっていて……」

僕が答えると、アリアさんが眉を顰《ひそ》める。

「昨日は……？」

「えっと、昨日も一時間程度でしたね」

「お、一昨日《おととい》は……？」

「うーん……あぁ、一昨日も同じくらいでしたね」

僕がそう答えると、アリアさんは凄《すご》い剣幕で迫ってきた。

「シリウス君、ダメだよ‼　それじゃ倒れちゃうよ⁉」

至近距離に迫るアリアさんから、ふわりと石鹸《せっけん》の香りが漂う。

「だ、大丈夫ですよ……！　そんなに眠くはないですし、明日か明後日《あさって》には元の睡眠時間に戻すつもりですから！」

後ずさりながら僕が答えると、いつの間にか隣にいたエアさんがジト目で僕を見つめていた。

「またそんなこと言って……。シリウス、普段からあまり寝てないじゃない。日に日に目の下の隈《くま》が酷《ひど》くなってるわよ？」

「そうです！　シリウス君はいつも無茶するんですから……。あ、そうだ！　温泉でゆっくりしてみるのはどうでしょうか……？　ガルバス村なら半日くらいで行けますし、よ、よかったら一緒に……」

「温泉‼　久々に行きたいであるな‼」

「ひぁっ⁉」

顔を真っ赤にしたアリアさんが唐突に僕の胸に飛び込んできた。アリアさんの後ろから、突如現れたムスケルの大声に驚いたのだろう。

しかし、温泉がこの世界に、しかもそんなに近くにあったなんて……！　温泉の存在を知り、疲れた身体《からだ》が温かい湯を求めはじめていた。

しかしガルバス村とは、最近どこかで聞いたような……。そうだ、冒険者ギルドにガルバス村から出ている依頼があった気がする。

「温泉、いいですね！　僕も行きたいです。ガルバス村の依頼が今冒険者ギルドから出ていたと思うので、ちょうどいいですしね」

「全く……シリウス、休むって意味分かってるの？」

呆《あき》れたように肩を竦《すく》めるエアさん。そこへロゼさんとランスロットも興味を惹《ひ》かれたのか集まってきた。

「討伐依頼……私も行く」

「ガルバス温泉かぁ、俺も久しぶりに行きたいな」

こうして、クラス全員で温泉街へ小旅行に行くことになった。

冒険者ギルドで依頼を確認すると、なんとちょうど温泉宿からの依頼であった。しかも十人までなら宿泊費無料だという、僕らにうってつけの条件であったため、即座に受注した。

馬車に揺られガルバス村に到着し、依頼のあった温泉宿に向かう。村に近づいてきたあたりから硫黄の匂いが漂っており、温泉への期待に胸が膨らむ。

「さて、依頼を片付けて早く温泉に入りましょう！」

気分が高揚し早足で温泉宿に向かうと、後ろからエアさんとアリアさんの視線を感じた。

「年相応にはしゃぐシリウスって初めて見たかも……」

「ふふ、シリウス君が楽しそうだと私も嬉しいです」

久々の温泉にテンションが上がりすぎてしまったようだ。二人の微笑《ほほえ》ましそうな顔を見て、思わず顔を赤く染める。

「まぁ、とっとと終わらせてゆっくり休もうぜ」

「むふん！　我々がいれば一瞬で依頼解決であるな！」

同じくやる気満々のランスロットとムスケルも僕と歩調を合わせてくれて、依頼主の元へ到着した。

「冒険者様方、この度は当旅館の依頼を受けてくださり、誠にありがとうございます」

依頼主の女将《おかみ》さんは、非常に礼儀正しく、立ち振舞が洗練されている女性であった。

「いえ、こちらこそ宿泊までさせていただけるということで、とても助かります。それで早速ですが、具体的な依頼内容をお聞きしてもよろしいでしょうか？　お急ぎとうかがっていたのですが」

「はい。当旅館の露天風呂《ろてんぶろ》に久々に湯魔猿《スパイプル》が棲《す》み着いてしまいまして……。危なくてお客様をお迎えすることもできず、営業停止中なのです。なので今回は、湯魔猿《スパイプル》の討伐と、荒れた浴場の簡単な片付けをお願いできないでしょうか」

湯魔猿《スパイプル》……一応予習してきたが、温泉が湧く地域にのみ生息する特殊な魔物だそうだ。動きの素早い小型の魔物だが、体内で硫黄を凝縮し、毒として攻撃に用いるという危険な能力を持つ。

「分かりました。今日中に片付けてしまいましょう。危険ですので、従業員の方は露天風呂に近づかないようにお願いします」

今日中と聞いて女将さんは驚いているようだ。僕らは都合上一泊しかできないため、今日中に倒さないとゆっくりと温泉に浸《つ》かることができない。そのため、超特急で魔物を討伐しなければいけない。なにより、僕はゆっくり夜空を見上げながら露天風呂に入りたい！

「ありがとうございます。よろしくお願いします」

女将さんはゆっくりと頭を下げ、迅速に従業員を旅館から避難させてくれた。

露天風呂に近づき『魔力感知』で魔物の数を探ると、大体二十匹程度であることが分かった。また、魔物は大まかに見て温泉に浸かっているものと木の上で涼んでいるものに分かれているようだ。それを踏まえ、僕らは役割分担を行った。

樹上の敵は空中への素早い攻撃が可能な僕とエアさん。地上の敵は水魔術が得意なアリアさんと繊細な槍捌《やりさば》きが得意なランスロット。ムスケルとロゼさんは勢い余って浴場を破壊する恐れがあるため、屋外で待機して湯魔猿《スパイプル》を逃さないようにする役割となった。

ムスケルとロゼさんは不満そうであったが、二人の攻撃は小型の魔物にはあまりにもオーバーキルだ。今度大型の魔物の討伐があったら任せると伝え、何とか引いてもらった。

「では、行きますよ。アリアさん、大丈夫ですか？」

「は、はい！　任せてください！」

力強い目でアリアさんが頷《うなず》いたのを見て、合図を出し浴場に突入する。

「『水檻《アクアジェイル》』‼」

湯魔猿《スパイプル》達が一斉にこちらを振り向くと同時に、アリアさんが素早く魔術を発動させた。

温泉の湯が素早く蠢《うごめ》き、一瞬にして水の檻《おり》が顕現した。

「グギャェッ⁉」

檻の中には十匹程度の敵と、ランスロットが閉じ込められていた。作戦通りだ。

ランスロットは瞬《また》く間に三匹もの敵の身体を槍で貫き、すぐにでも敵を全滅させる勢いだ。

一方、エアさんは風の刃《やいば》を飛ばし、樹上の敵を両断した。

そして僕はというと……。

「『疾風剣』！」

「フッ‼」

敵を斬り捨てながら空中を駆け抜けていた。

「ちょっ⁉　シリウス、一体なによそれ⁉」

先日開発した新魔術『空歩』での空中機動。あれから修行を積み、ようやく最近になって実用に耐える程度の速度で空中を駆け抜けることが可能となった。

僕が油断している敵を片っ端から片付け、逃げようとする敵をエアさんが『疾風剣』で斬り裂き、あっという間に討伐は完了した。

地上の敵もランスロットとアリアさんがあっという間に片付けていたようだ。

「皆さん、お疲れ様です」

「お疲れ様。シリウス、さっきの魔術、後で話を聞かせてよね！」

「お、お疲れ様です！」

「お疲れー。うし、さっさとこの猿の山を片付けちまおうぜ」

その後、外で待機していたロゼさんとムスケルを呼び、浴場をサクッと片付けた。

ほとんどがアリアさんの水魔術のお陰であったが……。アリアさんの巧みな水の操作により、新設したかの如《ごと》くピカピカになっていた。

女将さんは綺麗《きれい》になった浴場を見て大喜びし、すぐに温泉の準備をしてくれるそうだ。

どうやら女将さんも水属性魔術師で、温泉を操作して露天風呂にお湯を張ったり快適な温度や清潔さを保ったりしているらしい。

そうこうしている内にお湯が沸き、男女に分かれて更衣室に入った。当然この世界でも混浴なんてことはなく、しっかりと男女別に分けられている。

こういう時の定番としては必ず覗《のぞ》くと言い出す人が現れるのだけれど……ムスケルもランスロットも女湯には特に興味を示さずに粛々と温泉に浸かっていた。ムスケルが時折暑苦しいポーズをとるため、ランスロットはうんざりした顔で目を瞑《つぶ》り空を仰いでいたが。

僕も同じく空を見上げ、木々の隙間から見える月を眺めていた。

すると、木の葉がガサガサと動いていることにふと気づき、少し遅れてそれが湯魔猿《スパイプル》であることが分かった。しかもその湯魔猿《スパイプル》は口内に魔力を集中させていた。湯魔猿《スパイプル》の得意技、毒ブレスの予備動作だ。

くっ……！　間に合えっ‼

掌《てのひら》を空に掲げ、即座に『雷撃《スタンボルト》』を放つ。

「グギャッ⁉」

「「アガガッ！」」

湯魔猿《スパイプル》に『雷撃《スタンボルト》』が直撃すると同時に、背後からも二つの鈍い悲鳴が聞こえた。ふと振り返ると、ぷかりと温泉に浮かぶムスケルとランスロットの姿があった。……水の中で雷魔術を使ったのは迂闊《うかつ》だったか……。

二人を水から引き上げようと思ったところで、背後から大きな音が聞こえた。

今度はなんだと後ろを振り返ると、浴場の床に横たわる湯魔猿《スパイプル》と、大きな木の板。そして生まれたままの姿のエアさん、アリアさん、ロゼさんの姿があった。

顔を真っ赤にして身体を隠そうと頑張りつつも何故《なぜ》かこちらを凝視しているアリアさん、真顔のまま固まっているロゼさん、そして顔を赤らめながらプルプルと震えるエアさん。

何故こんなことに……そうか、湯魔猿《スパイプル》がちょうど男湯と女湯の仕切りの上に落ちて、壊してしまったのか。

一周回って頭が冷えて冷静にそんなことを考察していると、唐突に風の刃が右頬を掠《かす》めた。なんなら、後ろでお湯に浮かんでいるムスケルの尻も掠めている。

「あ、あの……エアさん……？　ちょっと落ち着きましょう？　魔物の生き残りがいたので、やむなく対処——」

今度は炎の矢が左頬を掠める。

……うん、これは話を聞いてもらえる空気じゃないな。

次々飛んでくる風の刃と炎の矢を避《よ》けつつランスロットとムスケルを回収し、僕は急いで更衣室へ逃げ込んだ。

■

温泉旅行から王都に戻り、僕はとある店で打合せをしていた。

実は今日、トルネ商会と提携してオープンする喫茶店のチェックと調整のために、竣《しゅん》工《こう》した喫茶店にトルネさんや喫茶店従業員の方々と集まっているのだ。ちなみに僕は商業ギルドに登録後、ステラ商会という商会を立ち上げている。従業員は僕だけという一人商会であるが。そのため、便宜上この喫茶店はステラ商会とトルネ商会が提携してオープンするということになっている。実態はトルネ商会が営業することになるのだけれどね。

「シリウスはん、武道祭優勝ほんまおめでとさんです。いやー、お強いとは思てましたが、その年齢で優勝してしまうとは流石《さすが》に思わんかったですわ。これでこの喫茶アステールにも箔《はく》が付いたってもんですな！　しかしあの激戦の疲れは大丈夫なので？　少しは休まれた方がよろしいのでは？」

「ありがとうございます。先日温泉旅行でリフレッシュしてきたので大丈夫です！　しかも結局僕はこうやって働いているのが一番性にあっているんですよね。自分の目で確認もしておきたいですし。……ところでその、喫茶アステールってネーミングはどうにかなりませんかね？」

実は直前まで店名が決まっていなかったのだが、トルネさんが提案した『喫茶アステール』という名前に従業員一同が賛同し、光の速さでトルネさんが看板まで作ってしまったのだ。せめて本人の了承を得てから看板を作って欲しかったと苦言を呈したが、笑って誤魔化されてしまった。

「ははは、シリウスはんはほんまに商人に向いてますなぁ。商人は稼いでなんぼやさかい、わいも商機を逃したくなくて中々休めませんわ」

この世界の商人は本当にブラックだ。一年中無休で働くなんてこともザラである。

ちなみに喫茶アステールでは従業員を多めに雇い、シフト制にすることで各人に休みを与えるようにしている。このシステムにもトルネさんは目を瞠《みは》っていた。

僕自身は一年中無休で働くくらい余裕であるが、普通は適切な休日を設けないと従業員のパフォーマンスが落ちると考えている。楽しく働けない職場でお客様を満足させられるはずがない。

その点冒険者は気楽である。ある程度の強さがあって無駄遣いしなければ自由に暮らしていけるのだから。朝から呑《の》んでいる人間は、大抵冒険者だ。

その点、休みでも自ら働いてしまう僕が、冒険者より商人の方が向いているというのは一理あるかも知れない。折角冒険者になろうとしているのに何故こんなに働いているのだろうとふと思うこともあるが、考えたら負けだ。

特許や喫茶店経営で楽に儲《もう》けられるシステムを作っておけば将来は楽になるはずであるし、損はないはずだ。忙しいのは今だけ今だけ。

そんなとりとめもないことを考えつつ、店の細かなレイアウトの最終チェックを行っていく。

ちなみにこの店の設計やレイアウト、メニューは全て僕が監修している。大したことはしておらず、前世のカフェを真似《まね》ただけであるが。この世界の飲食店、酒場はとにかく乱雑であるため、前世の飲食店の上辺を真似るだけでもトルネさんには洗練されていると大絶賛された。

店内はキッチンが来店者から見えるようカウンタースタイルにしている。カウンターは、お一人様でも座りやすいだろう。またテーブル席は二人席、四人席を基本とし、人数が多いときは繋《つな》げられるように真四角のテーブルとした。

また入口側の壁には大きな扉を設置し、そこからテラスに出られるようにしている。テラスは広めにして、テラス席をいくつか設けた。

インテリアはやはり女性客が多いことが想定されるためポイントで女性らしいオシャレ可愛《かわい》いインテリアを配しているが、男性でも入りづらくならないギリギリを攻めている。ここについては従業員達から色々とアドバイスを貰《もら》いながら、いい感じに仕上がったと自負している。あまり可愛くしすぎると男性客が入りにくくなるので、このバランスが非常に難しかった。

メニューはクレープに加えフレンチトースト、アイスクリーム、パフェなど、この世界で手に入る材料で作れて、自分でも作れるような簡単なスイーツをいくつか追加で特許登録してメニューに採用した。勿論《もちろん》、元々この世界に存在しているサンドイッチなどもメニューに入れている。

これらのメニューを食べさせた時、従業員達やネネさんは感涙を流し、トルネさんの目の中では金貨が輝いていた。僕も自分で作っておきながら糖による幸福感で暫《しばら》く放心していたほどだ。

　ドリンクは本当はコーヒーが欲しかったのだが見つからなかったので、紅茶やフレーバーティー、またフルーツを漬けるだけで非常に簡単に作れるデトックスウォーターを提供することにした。デトックスウォーターはアンチエイジングや美白効果があると話をしたところ、エアさんやアリアさん、従業員達がお腹《なか》を壊すまで飲んでしまったという事件もあった。メニューにも美肌効果と書いているため、大量に売れる可能性を秘めているだろう。

　細かなレイアウト、従業員の接客、スイーツやドリンクメニューの提供速度やクオリティなど一日かけて確認し、完璧だなと僕とトルネさんは満足気に頷《うなず》いた。

　これで明日の開店への準備はバッチリだ。


「「「店長、おはようございます‼」」」

　翌朝店に入ると、メイド服を着た従業員達が完璧な礼で出迎えてくれた。

　一応僕が店長ということになっているが、普段は店長代理と副店長が店を回すことを基本としている。僕は学生兼冒険者だしアドバイザーのようなものだ。

ちなみに従業員達は全員女性でメイド服着用である。綺麗どころが集まっており、非常に目が幸せだ。トルネさん、やるな。これだけ可愛い従業員が集まっているため悪い男が絡《から》んでくることは容易に想像できるが、元ランクB冒険者の子が三人もいるため、そこらのチンピラくらいなら余裕で撃退できる。しかも王都警備隊詰所が目と鼻の先にある立地である、そうそう無茶なことはされないはずだ。

一応カウンターの裏側に王都警備隊がすぐ気づくように、押すと屋根から赤い狼煙《のろし》が上がる非常ボタンも設置している。中々高価な使い捨ての魔石であるが、従業員の安全には代えられない。

開店時間数分前、店の前を見ると多くの人が並んでいた。宣伝などしていなかったので、正直これは予想外だ。

並んでいるのは十代中頃～後半程度の年齢の女性ばかりである。いくら女性向けを狙っていたとは言え、なぜここまで客層が偏っているのか疑問なのだが……。ちなみに一学年Sクラスのクラスメイトもその中にいる。クラスメイトについては僕が席の予約をしているので確実に座れるだろう。

職権濫用？　それくらいは許してくれ。

店長である僕が扉を開け、後ろに並ぶ従業員一同と共に深々と礼をした。

「皆様、早いお時間からご来店いただき、誠にありがとうございます。絶品のメニューを取り揃《そろ》えておりますので、どうぞお楽しみください。喫茶アステール、オープンいたします！」

「きゃー‼」

「シリウス様ァァァァ！！！」

「いやぁぁん！　シリウス君を食べたいッ‼」

僕が並んでいるお客様達に挨拶をすると、黄色い声援と拍手が湧き上がった。なんだ？　どういうことだ⁉　疑問が頭を満たしたまま、お客様を店内に案内していく。クラスメイトを席に案内すると、皆が半眼で僕を見つめていた。

「シリウス殿、大人気ですな！」

「シリウスおめぇ、うらやましすぎるぞ……」

「はぁ……武道祭終わった後はすごい騒ぎになってたけど、まさかこの店まで嗅ぎつけられてるなんてねー……。シリウスも大変ね」

「シリウス君、開店おめでとう！」

「クレープ早く食べたい」

クラスメイトの話によると、どうやら武道祭を見た女子生徒や町娘達が殺到しているらしい。お店としては嬉《うれ》しい悲鳴だけれども、近隣の迷惑にならないかが心配だ。

一応開店前にクレープと高級な茶葉を持って近隣の店舗に挨拶回りしたら、笑って歓迎してくれたけれど、あまり迷惑はかけたくない。

営業が始まると、従業員達は予想以上の混雑にてんやわんやであった。僕はキッチンに入ったり皿洗いに入ったりと人が足りないところをカバーするよう動く。休みなしの労働は慣れているので僕は休憩なしで働き続けてどうにかして従業員達の休憩を回し、一日が終了した。とりあえず平日になれば学校があるから女子生徒は減るとしても、従業員をもう少し増やした方が良いだろう。

僕自身、学校や冒険者活動など色々とやらなければならないことがあるためバリバリ店で働くこともできないからなおさらだ。店の片付けや締め作業を終えて従業員を帰した後にトルネ商会へ行って急遽《きゅうきょ》従業員の増員について打合せをし、結局帰宅できたのは日付が変わる頃であった。

前世の社会人時代を思い出すほど充実した一日であった。

■

学園祭後、初の登校。周囲の目線が物凄《ものすご》いことになっていた。

「あっ⁉　シ……」

「うぉ！　優……」

「シリウ……」

普通に歩いていたんじゃ遅刻する未来しか視《み》えなかったため、『雷光付与《ライトニングオーラ》』を行使して敏捷《びんしょう》性を強化した上で駆け足で教室まで来た。かなりの速さで走ってるのに僕と認識して話しかけてこれるような動体視力が優れている人が結構いたというのは、流石《さすが》冒険者学校だなと変なところで感心してしまう。教室の廊下側の窓から覗《のぞ》いている人も沢山いるが、流石に弁《わきま》えているのかなだれ込んでくることがないのは不幸中の幸いであった。

「シリウス、おはよ。……あの廊下の人達、どうにかしたら？　気になってしょうがないんだけど」

「……僕も困っているんですよ。流石に授業がはじまったらいなくなってくれるとは思うのですが……」

エアさんは辟易《へきえき》とした様子で机にうつ伏せていた。人混みをかき分けて教室に入ってくるのに苦労したようだ。

「はうぅ……。中々教室まで辿《たど》り着けなかったよ……」

「……燃やす？」

「皆さん、ごめんなさい……」

アリアさんは綺麗《きれい》なロングヘアがぼさぼさになっていた。ロゼさん、心なしか魔力が漏れてますすよ。そんなクラスメイト達を見ていると申し訳ない気持ちが湧き上がる。

「まぁ仕方ないであるな！　シリウス殿のせいではないであるよ！」

「そーそー。まぁミーハーな奴《やつ》らは数日すれば収まるっしょ」

「そう言っていただけると助かります……」

ムスケルとランスロットは楽しそうに笑っていた。気を使ってくれているのだろう、良い友人達だ。

その後も結局、休み時間の度に教室の前の廊下には人が集まっていた。トイレに行くのも困難であったため、外側の窓から脱出して校舎の屋上から魔術で転移して寮のトイレに行くという無駄に高度なトイレの行き方をしていた。出してる最中に話しかけられたり群がられたりしたら嫌でしょ。

ちなみに寮は目と鼻の先にあるため、比較的魔力消費の少ない短距離転移魔術の『次元跳躍《ディメンションリープ》』で済んで助かった。『次元跳躍《ディメンションリープ》』は目視可能範囲内にしか転移できないため、寮の屋上から部屋へ歩いて戻る必要はあるけれど。登校も暫くは屋上転移で済ませようかなぁ。

ようやく一日が終わり疲労困憊《ひろうこんぱい》の身体《からだ》を引きずってまた窓から外に出ようと思っていると、教室のドアをガラリと開けて二人の男女が自然に教室に入って来た。

今まで教室の前の廊下に人が群がってはいたが、誰も入っては来なかった。その暗黙の了解が破られたことに緊張が走る。

……かと思われたが、その二人の姿が目に入ると、また違う意味で緊張が走った。

静寂の中、誰かがごくりと唾を飲む音が聞こえる。

「やぁ、シリウス君。大変そうだね……」

「シリウスさん、ご機嫌麗しゅう。突然の訪問失礼いたしますわ」

そこには武道祭準優勝者のシオン先輩と、準々優勝者のクリステル先輩がいた。すわリベンジマッチかと、僕含めクラスメイト一同が身構える。

「シオン先輩、クリステル先輩、お疲れ様です。ご覧の通りで参ってしまっています、あはは……。ところで、お二方は本日どのようなご用件でいらっしゃったのでしょうか？」

極力和やかな空気を醸《かも》し出しつつ、二人に話を向ける。先輩達は顔を見合わせてクスッと笑い、口を開いた。

「シリウス君、そう身構えないでくれ。武道祭については正々堂々と戦った結果だし、君と戦った僕達は君の実力を認めているから何の不満もない」

「そうですわよ、貴方《あなた》は勝者らしく堂々としていればよろしいのです」

警戒心が表に出ていたかと苦笑が漏れる。

「今日は、これからの話をしにきたんだ。君は一学年のトップ、まぁセントラル冒険者学校のトップでもあるんだけど。そのため、僕ら三人は学園対抗戦の代表者となっている。ここまではいいよね？」

爽やかなシオン先輩の笑顔を眺めつつ、完全に忘れていたと心の中で頭を抱える。そう言えばディアッカ教官がそんな面倒事もあると最初の頃に言っていたような気もする。

「ええ、勿論《もちろん》存じております。もしや本日はその打合せですか？」

そう応えるとシオン先輩はおや、という表情をし、クリステル先輩は満足そうに頷いた。

「その通りですわ。流石シリウスさん、お話が早いですわね」

ごめんなさい、さっきまで完全に忘れてました……。

「それでシリウス君、これから時間空いているかな？　もし良ければ僕の寮室で情報交換しないかい？」

この後は寮室でトレーニングをしようと思っていただけなので、快く了承した。ちなみに人混みは、シオン先輩とクリステル先輩が優しく声を掛けるとモーゼの海割りのように人が割れて通ることができた。

……これから毎日迎えにきてくれないかなぁ。

シオン先輩のオシャレな寮室に着き、オシャレな紅茶を啜《すす》る。一息つくと、先輩達が話しはじめた。

「学園対抗戦は、三対三のチーム戦だ。参加する学校はセントラル冒険者学校、スード冒険者学校、イステン冒険者学校、ノルド国軍訓練学校だ。ヴェステン癒術《ゆじゅつ》学校の生徒達も来るが、観戦と救急対応のためなので参加はしない。今までの傾向では、魔術師に偏っているイステンはあまり脅威ではない。ノルドは精強な生徒が多いから要注意だね。スードは剣士ばかりで遠距離魔術に弱いから比較的やりやすいんだが……今年は状況が変わってしまった」

シオン先輩は真剣な眼差《まなざ》しで語る。クリステル先輩は全く動じていない様子で、恐らく前もって聞いていたのだろう。

「状況が変わったとは？」

「今年スード冒険者学校で【聖剣の勇者】が現れたそうだ。聖剣の所有権を王国から譲渡された勇者の力は凄《すさ》まじく、スードでの武道祭では圧倒的な差で優勝したらしい。勿論、学園対抗戦にも出場するそうだ」

「えっ⁉　勇者⁉」

いきなりの濃い情報に衝撃が走る。

勇者ってあれだよね、魔王とタメ張れるくらい強いっていうあの勇者だよね？

「うん、驚くよね。僕も最初聞いた時本当にびっくりしたよ。でもその勇者は一学年で、勇者として覚醒したのは本当に最近らしい。幸い覚醒したばかりでまだ勇者の力を引き出しきれていないらしいから、十分に勝機はあるはずだ」

「それに一学年でまだ剣の腕も未熟らしいですわ。『神聖魔術』により身体能力は跳ね上がっているそうですが、隙がないわけではありませんわ」

「なるほど、それならまだなんとかなる……んですかね……？」

シオン先輩とクリステル先輩は全く動揺せずに堂々としていた。確かにまだ一学年ならば戦闘技術も未熟だろうし、絶対に勝てないということはないかも知れない。

「それに今年はシリウス君がいるからね。君なら普通に勇者を破ってくれるんじゃないかって期待も少しはある」

「そうですわ。シリウスさんと我々が揃っている今年のセントラルなら、負ける気がしませんわ」

「あまり過度な期待は……。まぁ僕はともかく、お二人もいらっしゃるので、とても心強いです」

困ったように僕が項《うなじ》を掻《か》きつつ応えると、シオン先輩は意外そうな顔をした。

「えっ？　高位の魔術と剣術を同時行使できるシリウス君も勇者に負けず劣らず大概反則じゃないか。高速機動しながら無詠唱で上級魔術使ってくるなんて悪夢以外の何ものでもないよ。しかも近づいても凄まじい剣術があるし、よくあれだけ戦えたと自分でも思うよ」

「反則ですわね」

二人は目を瞑《つぶ》ってうんうんと頷《うなず》いていた。

いやいやいや、お二人も十分ヤバい存在ですからね？　その二人に勝ってしまっている僕に言われたくないかも知れないけど。

「まぁ、とりあえずこれから学園対抗戦までの一ヶ月は、個人の鍛錬は勿論チーム戦の練習を放課後にしていこう。シリウス君、クリステルさん、よろしくね」

「よろしくお願いいたしますわ」

「よろしくお願いします」

こうして放課後のタスクリストに基礎鍛錬、ステラ商会の財務事務、喫茶アステールについてのトルネさんとの打合せに加えて、二人の先輩との鍛錬が追加された。追加された分丸々睡眠時間が削られることになりそうだ。まぁ若い身体だし、この程度の無茶は利《き》くだろう。頑張ろう……！

■

休日、僕は朝から迷宮《ダンジョン》の四十階層の探索をはじめていた。勇者との戦いに向けて少しでも経験値を稼いで強くなっておきたいからだ。

最近はそろそろアンデッドとの戦いにも慣れてきたので、五十階層を目指してもいいかなと思っている。つまり、この迷宮《ダンジョン》の最深到達階である四十九階層を更新するということだ。

四十階層は地図が販売されておらず、自分でマッピングしていかなければならない。またやっかいなアンデッドの巣窟《そうくつ》だということもあり、今までほどサクサク進むことができないでいた。ちなみに現在は四十四階層までマッピングが済んでいる。今日の目標は四十七階層だ。

慎重に進んでも徹夜すれば余裕で到達できるだろう。前世では三徹くらい余裕だったため、一晩寝ない程度で集中力を失うことはないはずだ。

アンデッドエリアであるため臭いは若干気になるが、一日もいれば慣れてくるため問題はない。いや、身体に染《し》み付くという問題はあるが……風の魔石で軽減できていると思おう。

そういえば確か迷宮攻略兵団が現在攻略中なのが四十七階層と聞いていたな。冒険者が次の階層への階段を見つけることを重視して進むのに対して、迷宮攻略兵団は各階層を完全マッピングして進んでいるらしい。それに比べて僕は一人であるため、討伐速度や進行速度を自由にできて早く進むことができる。

一人では辛《つら》くなってくるとは思っているが、今のところはまだソロでも問題はなさそうだ。

「ハァッ‼」

遠くからこちらに歩いてくるゾンビ二体に『雷筒槍《ライトニングシリンダー》』を打ち込む。そして最後のグールを素早く二回斬りつけると、彼らの身体は瞬《また》く間に灰になって迷宮《ダンジョン》に吸収された。

そこら中に落ちているグールとゾンビの魔核を拾っていく。アンデッドは倒すと身体が灰になって魔核だけ残るので、普通の魔物より効率良く狩っていくことができる素晴らしい魔物だ。

対アンデッド戦闘のコツも完全に摑《つか》んでいる。先程放った『雷筒槍《ライトニングシリンダー》』は対アンデッド用に『雷槍《ライトニングスピア》』を改良した魔術だ。アンデッドは魔核を破壊しないで戦う場合、非常にしぶとい。しかし魔核を破壊してしまうと稼ぎがゼロのため、冒険者は可能な限り魔核を傷つけないように戦うことになる。その欲のせいでアンデッドの犠牲になる者も少なくはないのだ。ちなみにアンデッドの魔核の位置は、基本的にアンデッドになる前の生物の心臓の位置である。

そこで思いついたのが、魔核を破壊せずとも魔核と身体の接続を切り離せば良い、ということだ。例えば先程のように、魔核の上と下の胴体をスッパリ斬ってしまえば、コントロールできる部位がなくなりアンデッドは消滅する。

また『雷筒槍《ライトニングシリンダー》』は『雷槍《ライトニングスピア》』にストローのような穴を開けて放つ魔術だ。魔核が穴に入るように『雷筒槍《ライトニングシリンダー》』を当てれば、魔核を傷つけずに身体から切り離すことができる。魔核を切り離さなければ中々死なないアンデッドには最適な魔術である。

そうやってサクサクアンデッドを倒して経験値と魔核をザックザク稼いでいると、人影が見えた。最初はゾンビかグールかと思ったのだが、どうやら違うようだ。

黒い魔術師風のローブを着ており、そこから見える肉体は普通の人間のものであった。

これには正直驚いた。まさかこの階層に一人で入るような酔狂な人間が僕以外にいるとは。服装からして迷宮攻略兵団ではなさそうに思える。

そして彼がかなりの魔力を内包していることが感じられる。正直父さんに匹敵するかそれ以上までありそうだ。

……ランクS冒険者か何かだろうか。

向こうもこちらに気づいており、会釈《えしゃく》をされたのでこちらも軽く会釈を返す。

「おぉ、このようなところで冒険者に出会うとは……しかもソロかい？　すごいね」

「僕も驚きました。まさかこの階層に他のソロ冒険者がいるとは思いませんでした」

そう言うと男は人好きのする顔でニカッと笑った。

「はっは、私達はソロ仲間だな。私はタナトと言う。君は？」

「シリウスと申します」

「シリウス君か……。ふむ、シリウス君。先程の戦いを見ていたが、中々やるね。いや、やる人間でなければここまでソロで来られるはずもないか」

このタナトさん、見た目は渋い壮年のおじ様って感じなのだが、物凄《ものすご》くフレンドリーである。

「いえ、僕なんてまだまだです」

「いやいや、大したもんだよ。ちなみに君は何階層を目指しているんだい？」

「今日中に四十七階層に行って、明日戻ってこようと思っています」

タナトさんは顎に手を当ててふむふむと小さく頷いている。

「うん、もし君が良ければ四十七階層までご一緒してもいいかい？　道中入手した魔核は君にあげよう。いやね、その年齢でここまで来られる強者《つわもの》の戦いを近くで見たくてな。どうだろうか？」

タナトさんの誘いについて思案する。

正直、二人で行くと僕が倒す魔物の数が減るため、経験値的には若干不味《まず》いだろう。その代わりに探索速度は増すため、効率としてはそこまで落ちることはないと思う。一緒に行くメリットとしては安全、探索速度の増加、そして高位魔術師の実戦を間近で学べることだろう。タナトさんは僕の戦いを見たいと言っているが、僕もタナトさんの戦いは気になる。僕は少しだけ考え、すぐに結論を出した。

「はい、是非一緒に行きましょう。よろしくお願いします」

「ありがとう。こちらこそよろしく」

タナトさんは爽やかに白い歯を覗《のぞ》かせた。

「ふーむ、『雷槍《ライトニングスピア》』を改良して魔核を傷つけないようにしているのか。これが冒険者の知恵というやつか」

タナトさんは感心したように僕の戦いを見ていた。

「ふむ…こんな感じか？」

タナトさんは呟《つぶや》きながら『氷槍《フリージングランス》』をグールの魔核に直撃させた。

「ぬ、駄目か。魔核を砕いてしまった」

マジですか……。

魔核は砕けたが、ほとんど『氷筒槍《アイシクルシリンダー》』と呼ぶべき魔術になっている。一目見て一発で再現するとは、ベアトリーチェさん並の魔術素養だ。

「ちょっと穴が小さかったかも知れません。魔核ギリギリのサイズではなく余裕を持った大きさにしておいた方が良《い》いと思います。多少穴が大きくても死滅しますしね」

「おぉなるほど、やってみよう」

僕が少しアドバイスをすると、タナトさんはすぐに改善した『氷筒槍《アイシクルシリンダー》』をゾンビに放ち、魔核に傷をつけず倒すことに成功した。

学校の幼女といい、天才ってのは結構いるものだなぁ……。

「ははは、この魔術は面白いな。アンデッドがゴミのようだ」

タナトさんが楽しそうにアンデッドを屠《ほふ》っていく。

話しぶりから冒険者ではなさそうだが、でなければなぜこんな場所にいるのか。一体、何者なのだろうか。謎は深まるばかりである。


僕一人でも特に問題はなかったけれど、タナトさんという実力者が帯同することで探索は非常に安定していた。サクサクと四十五階層まで進んできたところで、通路の先に大きめの部屋が現れた。『物理探知』で部屋のサイズ、『魔力感知』で魔物の大体の質や数を測ると、中々の規模のモンスターハウスであることが分かった。

「結構数がいますね。しかも強い魔力反応が三つ、上位種がいるかも知れません」

「うむ、ハイグールだろうな。グールやゾンビとは比べ物にならん身体能力と思考能力を持つ魔物だ」

大体五階層区切りで魔物のレベルが上がるから、そろそろ上位種が来るとは思っていたが、最初の出会いがモンスターハウスか。

……まぁなんとかなるかな。念の為《ため》に深追いはしないように退路を確保しつつ、上位種の強さを見極めるように戦えば問題ないだろう。

「僕が前衛として深追いしない程度に斬り込みます。タナトさんは魔術で数を減らしてくれると助かります」

「む？　魔術師の君がこのモンスターハウスに斬り込むと？」

あぁ、そういえばタナトさんと合流してからは敵が近づく余地もなかったから刀を使ってなかったな。

「僕は一応剣士でもあるので、大丈夫です」

腰の刀を叩《たた》きながら笑うとタナトさんは目を瞠《みは》り、俯《うつむ》きながら少し思案していた。

「ふむ……。君がそう言うのであれば任せようか」

タナトさんは思案しつつ、頷《うなず》いた。

「はい、よろしくお願いします」

タナトさんへ頷き返し、『雷光付与《ライトニングオーラ》』を行使しつつモンスターハウスに足を踏み入れる。

途端に近くにいたグールとゾンビが襲いかかってきた。緩慢な動きで襲いかかってくるグール達を、居合斬りで魔核と分断して瞬時に片付ける。そのまま雑魚《ざこ》を灰にしながらハイグールへ向けて歩いていく。

「なんと……」

タナトさんから支援がないなと思い後ろを振り向くと、我を取り戻したタナトさんが『氷筒槍《アイシクルシリンダー》』でグール達を屠りはじめた。敵の壁が減ってきたことにより、僕とハイグールの視線が交わった。

「グガァォッ‼」

僕に気づいたハイグールは目を爛々《らんらん》と輝かせてこちらに駆け出してきた。それに伴って周りのグール達の動きが素早くなり、襲いかかってくる。上位種が持つ『軍団指揮』の効果で配下の動きをコントロールしているのだろう。

「ハァッ！」

周囲から一斉に接近してきたグール達を『風衝撃《エアストライク》』で吹き飛ばす。ドミノ倒しを起こしているグール達を横目に、右脚で地面を踏み抜いた。

「『伏雷《フシイカヅチ》』」

放電音を放ちながら、踏み抜いた地面から一瞬で雷撃が地を駆け巡る。未《いま》だ実戦不足な魔術ではあるが、武道祭から多少術式を改良しているため、以前より魔力効率が改善されている。そこまで出力は上げていないが、それでもグール達を足止めするには十分だ。

周囲にいるグール達は口から煙を吐き、地に這《は》いつくばる。下半身、あるいは地面についていた部位が炭化しており、まともに戦える状態ではない。これでほぼ完全に無力化できたと言える。

一方ハイグールは苦しそうな呻《うめ》き声を上げつつも、目前まで迫ってきていた。流石《さすが》上位種といったところか。下位種では薄《う》っすらとしか纏《まと》っていない魔力を厚く纏っており、魔術耐性も高いようだ。

「グゲェェ‼」

ハイグールはアンデッドとは思えない俊敏さで魔力を纏わせた鋭い爪を振るった。冷静に動きを見極め、刀で爪撃《そうげき》を受け流す。ハイグールの鋭爪と擦れ合う武器は金属同士が擦れ合うような音を鳴らし、火花を散らしている。そのまま攻撃を受け流され体勢が崩れたハイグールにすかさず二太刀《たち》を浴びせ、葬《ほうむ》り去った。ハイグールは下位種に比べると多少硬いが、それでも容易に両断できる程度の防御力であった。攻撃については中々の膂力《りょりょく》ではあるが、当たらなければどうということはない。

ハイグールの能力をある程度見極めたため、遠慮せずにガンガン斬り込んでいく。グール達をなぎ倒して斬り進み、すぐにもう一体のハイグールへ迫る。

「グギョエ⁉」

ハイグールは崩れ落ちる中『瞬雷《ブリッツアクセル》』の残滓《ざんし》を感じ、ようやく自らが斬られたことを認識したようであった。

「ふぅ……やっぱり『伏雷《フシイカヅチ》』はまだ未完成だな……。魔力効率、威力、効果範囲、どれもまだまだ……」

モンスターハウスを制圧し、灰となるグール達を眺めつつ零《こぼ》した反省が耳に入ったようで、タナトさんが吹き出した。

「ふっ、ふははは！　面白いぞシリウス君！　君、本当に人間かい？」

「どういうことですか!?」

僕がツッコミを入れると、タナトさんはより一層笑った。

「ハハ、ハァ……。うむ、まぁ気にしないでくれ給《たま》え。とりあえずここで少し休もうか。君もあれだけの大魔術を行使したのだ、相当辛《つら》かろう」

「いえ、僕大丈――」

「無理をするでない。ここに来て君に死なれてもつまらない」

「……分かりました」

本当に大丈夫なんだけどなぁと思いつつも、休憩をとることにした。殲滅《せんめつ》したモンスターハウスは暫《しばら》くは魔物が発生しないため、安全地帯であり休憩が可能なのだ。

「ハイグールはどうであった？」

「中々パワーのある魔物でしたね。しかし僕とは相性がいいのでしょうか、上の階層に出る上位種よりは楽に戦えますね」

「ふむ……。まぁアンデッドは俊敏性に欠けるからな。雷の如《ごと》く素早い君とはアンデッドからすれば相性が悪かろう」

　タナトさんは顎に手を当て、何かを思案していた。

「そういえばシリウス君、その年齢でセントラルにいるということは冒険者学校の生徒かい？」

「はい、そうです」

「ふむ……」

　タナトさんの目の奥がキラリと光った気がした。

「――これは、面白くなってきたな……」

「えっ、何か言いましたか？」

「いや、なんでもない。そろそろ行こうか」

　立ち上がり先に歩き出したタナトさんの口角が持ち上がった気がした。

「着きましたね」

「う、うむ……」

現在深夜三時頃だろうか、ようやく四十七階層に到達した。

自分はともかくタナトさんまで寝ずに進ませるのは申し訳ないと思ったのだが、彼も徹夜くらいは余裕だと言うのでお言葉に甘えてここまで小休止のみで進んできた。所要時間は十八時間と、そこそこのスピードであったと思う。帰りは来る時にマッピングしたルートを通れば相当早く帰れるだろう。

一時間程度の休止を挟み、階を降りるごとに増えてきたハイグールをサクサクと斬り捨てつつ四十七階層の探索を進める。

どこかタナトさんの顔色が悪い気がするが、大丈夫だろうか。

「タナトさん、大丈夫ですか？　僕が見張ってるので少し寝ますか？」

「いや！　ま、まだまだ余裕だよ！　まぁシリウス君が休みたいと言うのなら――」

「僕はまだ大丈夫ですが……」

「……うむ、私もだ。……進もうか」

そう言うとタナトさんはズンズンと進んでいってしまった。

本当に大丈夫だろうか……？　いや、あれだけ高位の魔術師だ、自らの限界を超えて無茶などしないだろう。

まだ一徹した程度だし、心配しすぎだったかも知れない。

「あぁ……冒険者とはここまで過酷な職業なのか……。少しばかり舐《な》めていたな……」

とうとうタナトさんが音を上げ、駆逐した元モンスターハウスで休憩を挟むことにした。

「大丈夫ですか？　どうぞ、温かいお茶です」

水魔術と火魔術で作った熱湯でお茶を淹《い》れ、タナトさんに渡す。タナトさんは目を瞑《つぶ》りつつもお茶を啜《すす》り、ほぅと息を吐いた。

「ありがとう、シリウス君。今まで迷宮《ダンジョン》を進むのに自らノルマを課したことがなかったからかな、老体には中々厳しい道程だったよ……」

「申し訳ありません、僕がもう少し早く気づけていれば……」

思えばあの時、いやもっと前のあの時か？　まぁとにかくタナトさんに疲労が見えたと感じた時にきっちり休んでおけばよかった。

「いや、君のせいではないよ。……ところで一つ相談なのだが、ここまでで拾ったハイグールの魔核を売ってもらうことはできないかな？　勿論《もちろん》定価より割増の代金を支払おう。実はそれを集めるために迷宮《ダンジョン》に潜っていたんだ。君と別れた後にもう少し潜って集めようと思っていたのだが、ここまででも意外と多く出現していたので、少し譲ってもらえると助かるのだが……どうだろうか？　無論、断ってくれても構わない」

様子を窺《うかが》うようにタナトさんが尋ねてきた。こちらとしては魔核を全部僕にくれるというのは最初から申し訳ないと思っていたので、考えることもなく了承した。むしろ取り分として半分は無料で渡そうとしたのだが固辞され、結局金貨を手渡された。ハイグールは初めて遭遇したので分からないが、今までの他素材のギルド買取金額から考えるとかなりの高値をつけてくれたのだと感じた。

「こんなに……ありがとうございます」

「いやいや、私も助かったよ、ありがとう」

僕とタナトさんは笑い合い、握手を交わした。


マッピングしつつ進んでいると少し先の大きめの部屋に複数の魔力を感じた。

この密集感、魔力の大きさ、これは……。そう思っていると、入口にいる兵士がこちらに気づいたようで戦闘の構えをとった。

「君、止まりたまえ。…………冒険者か？」

「はい。冒険者ギルド所属のシリウスと申します」

ギルドカードを掲げ、兵士に見せる。すると兵士はカードと僕を交互に見て眉を顰《ひそ》めた。

「ふむ、確かに冒険者……ランクA……!?　はあ？　しかも小さい……ドワーフ、ノーム……ではなさそうだな……。子ども……？　君、種族は？」

「人族ですが……」

「……年齢は？」

「十二歳です」

「……君、一人かい？」

「いえ、途中まではソロでしたが、道中で……あれ？　タナトさん？」

隣、後ろと見てもタナトさんが見当たらない。魔力感知にもかからない。一体どこに行ってしまったんだ……？

「どうしたんだ？　もしかしてパーティメンバーとはぐれたのか？」

心配さと怪訝《けげん》さが入り混じったような表情で兵士はこちらの様子を窺っていた。

タナトさんは一体……。狐《きつね》につままれたかのような感じだ。

とりあえず兵士にこれ以上怪しまれるのも好ましくないため、一先《ひとま》ずタナトさんのことは置いておくことにした。

「……いえ、なんでもありません」

「……ふむ。しかし申し訳ないが子どもの君がこんな場所にソロで来たというのは些《いささ》か信ぴょう性がな……。ちょっと取り調べさせてもらうからついてきなさい」

兵士はそう言うと仲間を呼び始めた。気持ちは分かるが、些か理不尽ではないだろうか。

そもそもこの兵士に一冒険者を拘束する権限などあるのだろうか？

「すいません、仰《おっしゃ》りたいことは分かるのですが……その前に貴方《あなた》はどなたですか？　正式に冒険者ギルドに所属して冒険している僕を拘束する権限をお持ちの方なのですか？」

そう答えると兵士ははぁーとため息を吐《つ》き、言い聞かせるように話し始めた。

「いいか？　俺は迷宮攻略兵団、この王国の兵士だ。子どもは黙ってついてきなさ――ぶっふぉ⁉」

兵士の後ろから近づいてきていたムキムキの男が、唐突に兵士に思い切りゲンコツを落とした。

「おい！　冒険者を捕まえて何やってる‼　我々には冒険者の探索を妨害してはいけない規則があるのを忘れたのか⁉」

偉そうなムキムキの男がやたらとでかい声で叫ぶと、問答していた兵士がぶわっと汗を吹き出した。

「ふ、副長⁉　い、いえ‼　子どもが迷い込んでいたので保護しようかと‼」

「子どもぉ？　ふむ、なるほど。貴様、これだけの技量を持った冒険者を子ども扱いするとは、随分と偉くなったものだな？」

副長と呼ばれた男はこちらを横目で窺うと、ニヤリと口角を吊《つ》りあげた。その言葉を聞き、先程の兵士は目を剝《む》く。

「……ふぁっ？」

「だから貴様は見習いを抜けられぬのだ。見た目に惑わされ相手の技量も見抜けぬとはな。観察することを怠るな！」

「はっはい‼　すいまっせんでした‼」

ムキムキ男に怒鳴られた兵士は背筋をピンと伸ばして緊張した表情になった。一方、兵士への説教を終えた荒くれマッチョはこちらに振り返り頭を下げた。

「うちの者が変に絡《から》んじまってすまなかったな、冒険者殿。俺はワーレン、一応迷宮攻略兵団の副長なんぞやってる。聞こえてたと思うが兵団はあんたら冒険者に干渉をすることはないから安心してくれ。まぁ、ここから先はむさ苦しい連中がわんさかいるから、そういう意味では迷惑をかけるかも知れんがな」

「僕はシリウスと申します、ありがとうございました」

こちらもぺこりと頭を下げるとワーレンさんはガハハと笑った。

「礼を言われるようなことはことはしてねぇさ。ところでお前さん、この下まで潜るつもりか？」

「今日はこの階層で引き返そうと思っていますが……」

そう言うとワーレンさんは少しほっとしたような表情を見せた。

「そうか……。お前さんが相当デキる冒険者だってことは分かるが、それでもおっさんに一つだけアドバイスさせてくれ。ここから下は今までの階層と同じと思わない方がいい。先遣隊は四十九階層まで到達しているが、モンスターハウスが増えて相当厄介になっているようだ。しかも五十階層は未踏破のボス部屋だ。犠牲になったランクA冒険者は数知れねぇ。……くれぐれも無茶はすんじゃねぇぞ」

言っちゃ悪いが荒くれ者にしか見えないワーレンさんは、その姿に似合わず心配そうに眉尻を下げていた。

「ご心配いただき、ありがとうございます。僕も無茶をするつもりはありませんので、心配はご無用です」

「ふう……。こりゃ何言っても自分のやりたいことは貫くやつの顔だな。まぁ、用心はしとけよ？」

ワーレンさんはやれやれと肩を竦《すく》め、首を振った。

本当に無茶をするつもりはないのだが……五十階層は目指したい。きっとそんな気持ちが顔に表れてしまったのだろう。僕は苦笑いをすることしかできなかった。

「それでは足止めしてすまなかった、達者でな！　……おい、アベル！　アホ隊長見なかったか⁉　またどっかほっつき歩いているようでな、ここ数日姿が見えん。見つけたらすぐに教えるんだぞ、いいな！」

ワーレンさんは背を向けて、また先程の兵士に大声で叫びながら去っていった。

■

「ふぁぁ……」

昼休み、食後の眠気に襲われ欠伸《あくび》が漏れる。そんな僕に、隣で大盛り焼肉定食を頬張っていたムスケルは目ざとく気づいたようだ。

「むむっ！　シリウス殿、また寝不足であるか？」

「あぁ、ちょっと寝るのが遅くなっちゃいまして……ご心配をおかけしてすみません」

結局休日の睡眠時間は二日で二時間といったところだろうか。生活に支障があるほどではないが、流石《さすが》に眠気には襲われる。この世界ではエナジードリンクは勿論コーヒーも見つけられておらず効率よくカフェインを摂《と》れないため、前世ほど無茶をすることはできないから気をつけねば。今度、豆を煎ってコーヒーもどきでも作ってみようかな。

「むぅん、シリウス殿は忙しいであるからなぁ……。そうだ、このマッドブルの骨付き肉を食べるであるか？　これをトレーニングの後に食べると筋肉の付きがいいのである！」

豪快な見た目に拘《かか》わらず人の機微に聡《さと》く気遣いのできる男である。気遣いの内容はともかく、であるが。

「食事を終えたばかりなので……。お気持ちだけ受け取っておきます、ありがとうございます」

そんな僕らのやりとりを見ていたエアさんは苦笑しつつ、何かを思い出したように口を開いた。

「そういえば、武道祭優勝者の賞品って何だったの？　後で渡すって言われていたけど」

「魔道具だったら見せてほしい」

「まぁ順当に考えたら金になる何かだよな」

ロゼさん、ランスロットも気になるのか何やら予想をはじめていた。

「いただいたのは模擬戦の権利、ですね」

僕が答えると一同は首を捻《ひね》った。

「模擬戦？　誰と？」

「【シングルナンバー】と、です」

「「【シングルナンバー】と模擬戦!?」」

【シングルナンバー】と聞くと、皆《みんな》は驚愕《きょうがく》して席を立ち目を瞠《みは》った。冒険者ギルドで一桁の序列を誇る彼らとの模擬戦だ、驚くのは仕方ない。僕も驚いた。

「【シングルナンバー】の誰と模擬戦なの!?」

「序列第八位の【剣聖】がお相手してくださるそうです」

そう、僕が賞品として模擬戦で訓練をつけてくれる相手は、セントラル白騎士団長のリイン・ソードフェアその人であった。

ちなみに、セントラル白騎士団は王都セントラルの警備および外敵からの防護の第一部隊として活躍している。

リインさんは現在は騎士団に所属しており冒険者として活動はしていないのだが名誉ギルド員としてギルドに登録はされており、その強さと実績により序列第八位に君臨しているそうだ。その剣技は王国一と讃《たた》えられているほどだ。

そんな人に訓練をつけてもらえるというのは非常に貴重な体験となるだろう。

「【剣聖】と模擬戦なんて贅沢《ぜいたく》すぎるわね……」

「きっと凄《すさ》まじい筋肉を誇る方なのであろうな……。シリウス殿が羨ましいのである」

皆の羨ましそうな視線を受けつつ、僕はリィンさんとの模擬戦への期待に胸を膨らませた。

第五章◆剣聖

「ようこそ、シリウス殿。歓迎いたします」

「リィン騎士団団長……いえ、【剣聖】殿。今日はよろしくお願いします」

王城の騎士団訓練所にて、僕は【剣聖】リィン・ソードフェアと握手をしていた。周囲の騎士達は、こちらを気にせずに真剣に訓練を行っている。他の騎士達の訓練を観察しているとその訓練は非常に高度なもので、とても勉強になりそうであった。流石《さすが》この国の最前線を護《まも》るセントラル白騎士団である。横目に映る騎士団員達の訓練に感心していると、リィンさんが嬉《うれ》しそうに語りかけてきた。

「ふふ、どうですか我が騎士団の訓練風景は。中々なものでしょう？」

「はい。対人、それも集団戦の訓練は初めて見ましたが、すごい迫力ですね……。実戦をくぐり抜けてきた騎士の気迫みたいなものを感じます。流石に僕ら学生の訓練とは雰囲気が全く違います」

「この都の守護を担《にな》う我々が不甲斐《ふがい》なくては国民が不安になってしまいますからね。それに我々の職務で鍛錬を怠れば死に直結します。皆、死に物狂いで鍛えていますよ」

騎士、と言えば聞こえはいいが、実質的には兵隊である。特にセントラル白騎士団はこの国の盾と言うべき騎士団だ。鍛えるか死ぬかという厳しい世界だろう。

そんな騎士団の団長である彼女は、彼らを眺めながら誇らしげに微笑《ほほえ》んでいた。

「さて、今日は冒険者としてのお仕事でしたね。【シングルナンバー】の末席を汚している身ではありますが、指導させていただきます」

「いえ、【剣聖】と呼ばれる貴女《あなた》から指導を受けられるとは、とても光栄です……！」

空けてある訓練スペースにリィンさんと共に向かう。誰も使っていないスペースにくると、徐《おもむろ》にリィンさんが立てかけてある木剣を手にとった。

「さて、ではやりましょうか」

「私の木剣は……」

「シリウス殿はその腰に下げている刀をお使いください」

――ん？　どうやら、リィンさんは木剣で僕と打ち合うらしい。確かに実力は隔絶しているけれど、流石に雷薙《ライナギ》だと武器の性能差で切断してしまうだろう。そう思い夜一《ヨイチ》を手に取ろうとしたところ、リィンさんが不思議そうに問いかけてきた。

「む？　シリウス殿は雷薙《ライナギ》を使用した戦闘が本領ですよね？　最初から全力で打ち込んで

きて構いませんよ」

いや、確かにそうだけど！　相手は木剣だよ⁉

「えーと……。雷薙《ライナギ》は非常に斬れ味の良《い》い刀なので、木剣だと流石に斬れてしまうかなぁと……」

「あぁ、心配していただいたんですね。大丈夫ですよ。私の剣は、絶対に斬れませんから」

自信に満ちた、というよりも当たり前であるかのようにリィンさんは答えた。確かに彼女の能力があれば、気力を纏《まと》うことで木剣すら鉄をも凌《しの》ぐ硬度になるであろう。

だとしてもだ。

僕が本気で振るう雷薙《ライナギ》は鉄をも紙のごとく両断する。スッパリだ。

僕の悩ましげな心情を察したのか、リィンさんは木剣を構えた。

「まぁまぁ、仮令《たとえ》それで死んだとしても恨みはしません。殺す気でかかってきなさい」

……これ以上はリィンさんに失礼だろう。何より、彼女は強い。僕の攻撃如《ごと》きでは掠《かす》らせることすら厳しいだろう。

覚悟を決め、雷薙《ライナギ》に手を添え、腰を落とす。

「よろしいでしょう。不肖リィン・ソードフェア、【剣聖】の剣をお見せしましょう」

練気で身体強化を行い、リィンさんと立ち合う。

リィンさんは脱力しており一見隙だらけなのだが、いざ攻めようと思うと一切の隙が見当たらない。

しかし、僕らは武器の能力差が非常に大きい。木剣が相手では、僕の刀を受けることはできないであろう。剣をぶつけ合ったらそれでおしまいである。

そう思うと、攻撃の余地が生まれてくる。

『縮地』

まさに瞬《まばた》きの瞬間に距離を詰める『縮地』。それにより、リィンさんの斜め後ろに一瞬で移動した。間髪入れずに居合斬りを放つ。

――ギィンッッ!!

「――ッ!?」

宙を舞う木剣。いや、刀。痺《しび》れる右手を押さえながら、咄嗟《とっさ》に後ろに跳躍する。

「……『剛剣・響《ヒビキ》』」

何が起こったのか。

いや、何が起こったのか見えてはいた。見えてはいたのだが、どうしようもなかった。

「シリウス殿、貴方《あなた》の本領は魔術と刀術を併用した戦闘術でしたね」

リィンさんが地面に落ちた雷薙《ライナギ》を拾い、ゆっくりとこちらに歩を進めてくる。

「闘気『剣心一如《いちにょ》』。私の持つ武器は私の心が折れない限り、折れることはありません。貴方の刀では私の心を斬ることはできません。安心して本気を出してください」

手をグーパーさせて痺れを取り、雷薙《ライナギ》を受け取る。

そうか……武器を硬化させる闘気だったのか。リィンさんの木剣と打ち合い、黒鋼《くろがね》以上の堅牢《けんろう》さを感じた。到底僕が斬れるような強度ではなさそうだ。自らの過信を恥ずかしく思いながら、気合を入れ直す。

「すいませんでした。今度こそ、全力で挑ませてもらいます！」

「はい、私もシリウス殿の全力を受けるのを楽しみにしていたのです。是非貴方の剣を存分にお見せください」

再びリィンさんと対峙《たいじ》する。今度は、あんな失礼な真似《まね》はしないぞ。

『雷光付与《ライトニングオーラ》』

魔術により身体強化を施す。一瞬リィンさんが嬉しそうな表情を覗《のぞ》かせたと思ったが、すぐに戦闘モードに切り替えていた。

「では、行きます」

今度は『縮地』を用いず、純粋に強化された俊敏性で接近する。『縮地』は一瞬で移動できる移動術だが、直線的な移動しかできないため動きを読まれると弱い。

リィンさんは僕が背後に一歩踏み出した瞬間には木剣をこちらに振るっていた。勿論《もちろん》身体能力も高いのだが、それ以上に凄まじい読みだ。これだけ読みが鋭いと、そう簡単に『縮地』を使うことができない。

一瞬のうちに互いの間合いギリギリまで接近する。

『瞬雷《ブリッツアクセル》』

身体強化を重ねがけし、加えて思考が加速される。

『伏雷《フシイカヅチ》』

全くの遠慮もなく、攻撃魔術を放つ。

さすがの【剣聖】も人間だ。『伏雷《フシイカヅチ》』が直撃すれば一瞬でも動きを阻害することができるし、回避行動を取ったとしてもこの間合いでその隙はあまりに大きい。

僕の思惑通り、リィンさんは軽やかに跳躍し『伏雷《フシイカヅチ》』を回避した。その隙をつき、すかさず居合斬りを放つ。リィンさんはやはり読んでいたのか、既に木剣を割り込ませる動きをしていた。

しかし相手は空中にいる。先程の『響《ヒビキ》』という技は危険だが、この体勢で僕の攻撃を受け止めれば流石に体勢が崩れるはずだ。

先程のカウンターのような攻撃に心の準備をしつつ、そのまま雷薙《ライナギ》を振り切る。

――イィイィン
木剣と刀がぶつかりあったとは思えないような怜悧《れいり》な音が響く。

気がつくとリィンさんの木剣に滑るように受け流され、雷薙《ライナギ》は床板を切り裂いていた。

「『柔剣・鈴音《スズネ》』」

驚きつつも素早く雷薙《ライナギ》を床板から引き抜き、残心しているリィンさんに二の太刀《たち》を放つ。

――ギィイィンッ‼

リィンさんはそれを木剣で正面から受ける。

木剣には傷一つついていない、いくらなんでも硬すぎるだろう⁉

その後何太刀か打ち込むが、危なげもなく捌《さば》かれる。

「流石に正面から受けると中々重いですね」

リィンさんが呟《つぶや》いたかと思うと、唐突にリィンさんの木剣から抵抗を感じなくなり、体勢が崩される。

――スパァアンッ‼

脳天に衝撃を受け、そのまま倒れそうになるのを踏み込んで耐えた。

「『柔剣・暖簾《ノレン》』」

気がつくと攻撃を受け流され、木剣で頭を打たれていた。頭部を打つ瞬間に力を抜いてダメージを抑えてくれていたようで、意識を刈り取られずに済んでいた。それでも、気力による肉体強化のお陰でギリギリ意識を保っていられたというくらい、メチャクチャ痛い。

「ふむ、少々搦手《からめて》には弱いようですが、その年齢では考えられないくらい凄《すさ》まじい基礎能力です……。しかも、まだ余力がありそう……いや、力を出すことに慣れていない感じですかね？　それでは、私が貴方の壁となりましょう。さぁ、かかってきなさい」

リィンさんが殺意とともに気力を解放した。お前はこんなものじゃないだろう、と。

ビリビリと肌を裂くような威圧に竦《すく》みそうになるのを堪《こら》え、雷薙《ライナギ》に手を添える。

そうだ、まだ人事を尽くしていない。

『雷槍雨《ライトニングレイン》』

雷の槍《やり》を自分の眼《め》の前に出現させ、地面と平行に射出する。その数は三十を下らない。

いつの間にか僕とリィンさんの模擬戦を観戦しはじめている周囲の騎士達の息を呑《の》む音が聞こえる。

リィンさんは直角方向に疾走し、それを回避する。走りながらもリィンさんが何度か木剣を振るうと、凄まじい速度で気力の刃《やいば》がこちらに飛来する。こちらも跳躍し、回避する。

その隙に凄まじい速度で接近するリィンさんに『雷光《ライトニングレイ》』を着弾点をズラしつつ放つ。

『雷光《ライトニングレイ》』は雷系魔術の中でもトップクラスの攻撃速度である……のだが……。

「『剛剣・閃光《センコウ》』」

目にも留まらぬ速さで振るわれた剣撃により、全て掻《か》き消された。

魔術の速度に向こうがこちらに走ってきている速度が加わっているのにも拘《かか》わらず難なく防ぐなんて、バケモノか⁉

間合いに入る寸前で放った居合斬りと凄まじい剣速の木剣とがぶつかり合う。あまりの威力に手が千切れそうだ。

「ふふ、『閃光《センコウ》』を迎え撃ちますか。もう少し上げても良さそうですね……！」

──ギィンッ！　ギッ！　ギギギギンッ！

リィンさんの剣速が更にもう一段階上昇する。『瞬雷《ブリッツアクセル》』の連続発動でなんとか凌げてはいるが、徐々に手の感覚がなくなってきた。

こんな凄まじい速度と威力で雷薙《ライナギ》とぶつかり合っているのに、リィンさんの振るう木剣は細かい破片がパラパラと舞う程度で済んでいる。ミスリル製の刀と打ち合って表面に細かい傷がついているだけで折れる気配は一切ないとは、闘気『剣心一如』、恐ろしい効果だ……。

「ふふふっ！　まだまだ荒削りですが、これは確かにミラさんの剣……！　更にレグルスさんの雷魔術まで……。シリウス君、素晴らしいですよ……！　さぁ、まだいけますよね？　もっと本気を出してみてください！」

リィンさんがどんどん笑みを深めていく。テンションの上がり方が鬼気迫っている。こわい。

しかし、何だかんだ言って僕も楽しくなってきた。この人にならら、全力をぶつけられる！

『白気纏衣《ビャッキテンイ》』

『白気《ビャッキ》』を纏い放った剣撃は、リィンさんの木剣を大きく跳ね上げた。

「なッ⁉」

一瞬で剣を引き戻す反射神経を持つリィンさんにとっては小さな隙。だが、この一瞬が欲しかったのだ。

「『夢幻雷影《ムゲンライエイ》』‼」

念の為逆刃《ためサカバ》に持った雷薙《ライナギ》とそれを持つ右腕に全力で気力を注ぎ込む。急激な気力の減少に目眩《めまい》がするが、構わずに雷薙《ライナギ》を振るう。

雷薙《ライナギ》は眩《まばゆ》い雷光を放ち、光速の斬撃と化す。

「『閃光《センコウ》』」

その斬撃にすら、リィンさんは木剣を一瞬で引き戻し、合わせてきた。

しかし雷薙《ライナギ》は木剣を通り抜け、リィンさんに迫る。

「――ッ⁉」

驚愕《きょうがく》に染まる表情のリィンさんの頬から鮮血が散った。

一本取ったと確信した攻撃は、人間離れした反射神経で身を引いたリィンさんの頬を掠《かす》めただけであった。

やはり一筋縄ではいかない……！　そのまま、光を失った雷薙《ライナギ》で二の太刀を振るう。

気力の大量消費により気力と魔力の均衡を保てなくなり『白気纏衣《ビャッキテンイ》』が解除された僕の刀は、先程の剣撃から大幅に威力が落ちている。リィンさんは一瞬で木剣を引き戻しその剣撃を受け止める。

しかし容易《たやす》く受け止められたかに思えた雷薙《ライナギ》は、木剣を半ばからへし折った。

闘気『夢幻雷影《ムゲンライエイ》』は、雷薙《ライナギ》と自分の身体《からだ》を雷化させる技だ。……現段階では気力をありったけ注ぎ込んで、ようやく雷薙《ライナギ》と右腕を一秒だけ雷化させるのが精一杯な欠陥技であるが……。

大量の気力を使うのは馬鹿らしい、精々不意打ちに使えるかどうかというこの欠陥技であるが、折れない木剣を内側から焼き切るという役割は見事果たしてくれた。

気力が枯渇《こかつ》寸前の身体に鞭《むち》を打ち、気力に代わり強化魔術『身体強化《ブースト》』で身体能力の底上げを行い、リィンさんの懐《ふところ》へ飛び込む。

『開放《リベレイト》』

自らに付与《エンチャント》している『雷光付与《ライトニングオーラ》』『瞬雷《ブリッツアクセル》』を剣撃に上乗せし、解き放つ。

『虚剣・凪《ナギ》』

渾身《こんしん》の一撃を、リィンさんは左手の人差し指と中指でピタリと止めた。あまりに美しい気力の流れに息を呑んだ僕の視界は、全てが逆さになっていた。

「クッ‼」

自分が一瞬で空中に放り投げられ回転していることを認識し、リィンさんに摑《つか》まれている雷薙《ライナギ》から手を離し夜一《ヨイチ》を抜き放った。

――イイイインッ
『『鈴音《スズネ》』』

リィンさんが折れた木剣でそれを逸《そ》らしながら懐に飛び込んできたかと思うと、腹部に凄まじい衝撃を受けた。

「『閃光《センコウ》』」

「ゴフッ⁉」

肺の中の空気を失い、そのまま十メートルほど吹き飛び、地面を転がった後に壁に激突した。

リィンさんが満足そうに髪を掻き上げると、いつの間にか増えていた観戦者から拍手喝采が起こった。

周囲が盛り上がる中、あまりの衝撃に腹部を押さえてしばらく横たわっていると、リィンさんと他の騎士が駆け寄ってきた。

「だ、だんちょー‼　なにやってんすか⁉　貴女《あなた》が本気でぶん殴ったらオークだって素手でミンチにできるっていうのに！」

「シ、シリウスく……殿⁉　す、すまない！　つい興奮してしまって‼　だ、大丈夫か⁉」

「大丈夫じゃないでしょ⁉　早く回復薬《ポーション》持ってきて！」

やべ、休んでたら大事になってる。もうちょっと休んでいたかったが、これ以上寝ているわけにもいかないな……。

ズキズキと痛む腹部を押さえつつ、ゆっくりと起き上がると、駆け寄ってきた騎士は目を丸くしていた。

「だい、じょうぶです……。ものすごく痛かったですけど……」

「いやいやいや⁉　防具なしでアレを受けたんですよ⁉　お腹《なか》に穴空いてません⁉　内臓グチャグチャになってません⁉」

「お、おい⁉　私が何も考えずそんなことをすると思っているのか⁉」

リィンさんの額に青筋が浮いている。美人の氷点下の表情は想像以上の恐ろしさを持っていた。

しかし実際、ギリギリ残った魔力を腹部に集中させて攻撃を緩和することができたから内臓の損傷などはなさそうであるが、素で受けてたら穴が空いててもおかしくない威力だったと思う……。いや、リィンさんはこのギリギリのラインを見極めて攻撃を放ってくれたのだろう、きっと、多分……。

「団長、完全に我を失ってたじゃないですか……。シリウス殿、とりあえずこれを飲んでおいてください。学生さんを怪我《けが》させたまま帰すわけにはいきませんので」

そう言って騎士が回復薬《ポーション》を渡してくれた。

「シリウス殿、申し訳ない……」

リィンさんも心做《こころな》しかシュンとしているようだ。

「いえ、実戦形式で鍛えていただけて感謝しています。ありがとうございます」

僕がそう答えると、リィンさんはものすごく嬉《うれ》しそうに僕の頭を撫《な》でた。

「ほらぁ‼　シリウス殿が良《い》いって言ってるんだから良いではないか！」

「……はいはい、分かりましたよ」

騎士は苦笑しつつも空の薬瓶を僕から受け取り、去っていった。

■

「シリウス殿。では、また」

「はい、ご指導ありがとうございました」

シリウス君はぺこりと頭を下げ、帰っていった。

先程まで私と激しく剣を重ねていた相手とは思えないほど可愛《かわい》らしい少年だ。彼の去っていった扉から目を逸らし、先程の戦いを思い出しつつ回復薬《ポーション》で治った頬をふと撫でる。

先日の戦いを見て、即座に今年の武闘祭優勝賞品の模擬戦相手に手を挙げた。

……現在この王都にいる【シングルナンバー】としては私と【虹】しか選択肢はなかったわけだが、【虹】は日頃から彼に訓練をつけているらしく快く譲ってくれた。

本気の彼とぶつかり合い改めて思ったが、生来の才能に加え途方もない努力を積まなければあそこまではいかないはずだ。あの歳《とし》で一体どれだけの修練を重ねているのか想像もつかない。当時の序列四位が敗れた巨獣黒王《ベヒモス》を、序列外であったのにも拘わらずペア討伐を果たしたアステール夫妻のご子息であるというのも納得だ。

木剣であったとはいえ、剣で私が傷つけられ『虚剣』をも使わされたのは父との模擬戦以来であろう。

……しかし、圧倒的に強者との戦闘経験が足りない。【虹】は手加減が苦手だからな……。競う相手とは成り得なかったことは容易に想像できる。

彼とはこれからも指導をつける約束ができたし、これからの成長を思うと胸が躍る。最近伸び悩んでいた私や団員の刺激にもなるしな、うん。

さて、他の団員達も彼に負けぬようビシバシしごいていかねばな！

■

リィンさんに初指導を受けた日から、週末はリィンさんにボコられ――訓練をつけてもらっている。平日の放課後はベアトリーチェさんからの指導に加え、シオン先輩達との学園対抗戦に向けた連携訓練。休日には不労所得のために喫茶アステールとトルネ商会へ顔を出して新メニューの開発、店舗運営改善の打合せなどもある。

そんなこんなで、迷宮《ダンジョン》に行けてもそこまで深く潜る時間をとれずにいた。迷宮《ダンジョン》に行くのは経験値稼ぎと実戦訓練を積むためだったため、リィンさんとの訓練で白気《ビャッキ》と闘気の実戦訓練を積めているから特に問題はないのだけれど……。むしろ【剣聖】に剣の稽古をつけてもらえるなんてあまりにも貴重であるため、そちらを優先することにした。迷宮《ダンジョン》は学園対抗戦が終わってから本腰をいれて攻略していきたいと考えている。

こうしてより一層忙しい日々を送っているうちに、いつのまにか学園対抗戦の日が迫っていた。


学園対抗戦は、セントラルから馬車で三時間程度の場所にある闘都『ドミネウス』にて開催される。ドミネウスにはドミネウス闘技場という国内最大の円形闘技場があり、普段はそこで闘技会が行われているそうだ。学園対抗戦では、普段は七割埋まれば多い方と言われる席が満員になってしまうらしい。

五大学校の生徒達に加えてその親族や王侯貴族なども観戦に来るというし、ドミネウスの商店や宿屋はボロ儲《もう》けである。実は僕も学園対抗戦までにドミネウスに喫茶の支店をつくるかとトルネさんに打診はされていたのだけれど、十分な従業員教育を施す時間がないし、剣闘士などの荒くれ者が多い都市なのでスタッフの安全も心配であるため止《や》めておいた。

この世界では賃金さえ払えば何でもやらせて良いといった黒い風潮があるようだが、少なくとも僕が経営する店はそんな非効率的なことはしたくないしね。

ガタゴトと揺れる馬車の中でそんなことを考えていると、隣からオェッという不吉な音が聞こえてきた。直視したくない現実に向き合いながら、僕は隣の様子を窺《うかが》う。

「……ムスケル、大丈夫ですか？」

「だ、大丈夫であるウッ……」

真っ青な顔をしたムスケルから、可能な限り距離をとる僕とランスロット。なんならもう馬車から出て自分で走って行きたいくらいである。が、馬車移動も冒険者の訓練だと言われており、それが許されないことがとても恨めしい。

「しっかしムスケルが馬車が駄目だとは……全く人は見かけによらねぇもんだな」

「まぁ体質の問題もありますからね。本当にきつければ気絶させましょうか？」

僕がそう言って手刀を掲げると、ムスケルは首を横に振った。

「遠慮しておくのである……。この程度耐えられぬようでは我が筋肉が泣──ッ」

ムスケルは力なくマッスルポーズを取ると同時に、アレを放出した。

ランスロットが即座にムスケルの顔を窓から外に突き出したお陰で車内は無事であったが、臭いは消えず僕とランスロットも貰《もら》いそうになるのを必死に堪《こら》え、ギリギリのところでなんとかドミネウスに到着したのであった。

■

真っ青な顔で宿に直行したムスケルを除き、Sクラスのメンバーで大通りを練り歩きはじめると、隣でエアさんがクスクスと笑っていた。

「ムスケルにあんな弱点があったなんてね」

笑い事ではないと僕とランスロットは苦い顔をするしかなかったが、別の馬車だった女性陣にとってはそれがまた面白かったようだ。

「シリウスをここまで弱らせるなんて、流石《さすが》ムスケル」

ロゼさんも心なしかニヤついているように見える。貴重だ。

「はう……。酔い止めポーションを最初にお渡ししておけば良かったですね、ごめんなさい……」

「アリアさん、帰りはお願いします……」

「はい！　私の酔い止め薬は効くって評判なので、任せてください！」

　アリアさんのあまりの女神っぷりに、僕とランスロットは彼女の後ろに後光が見えたのは言うまでもない。


　ドミネウスは闘技会で戦う剣闘士が多く居住している都である。そのため屋台も肉系が非常に多く、しかも肉の種類も豊富であり歩き食いがものすごく捗《はかど》る場所であった。

　ムスケルがいたら喜んで大量の肉を頬張っていただろうに、お土産《みやげ》にいくつか買っていってあげようかな。安定した旨《うま》さのマッドブルの串焼きを食べ終えて次は何を食べようかなと思っていると、突然背後から凄《すさ》まじい衝撃を受けて吹っ飛んだ。

「ウグッ⁉」

　顔面を地面にぶつけて涙目になりながら首をひねると、ふわふわとしたミルクティー色の髪が目に入った。どうやら腰に一人の少女が引っ付いているようだ。

「シリウス君‼‼　シリウス君シリウスくんしりうしゅくぅん‼　本物のシリウス君だ‼　スーハースーハー……」

　こ、これは一体……。なんとか立ち上がろうとするも、凄まじい膂力《りょりょく》で抱きつかれており起き上がることができない。

これだけ鍛えた僕が押さえつけられるほどの力……だと……⁉

「ちょ、ちょっとあなた！　何やってるの⁉」

一拍遅れてエアさんが駆け寄ってきて少女を引き剝がそうとするも、少女はびくともしなかった。

皆が呆気《あっけ》にとられていると、誰かが駆け寄ってくる音が聞こえた。

「ちょっと待ちなさいよぉぉ‼　ってララ‼　あんた何やってんの⁉」

首をひねってそちらを向くと、金髪ツインテールのまだ幼さの残る少女が息を切らしながら驚愕《きょうがく》の表情を浮かべていた。

「あらあら～」

更にその後ろから同じ服を着た大人っぽい雰囲気を纏《まと》った女性も口に手を当てながら近づいてきていた。

流石にこの状況は辛《つら》すぎる……。そう思い、僕は少女の頭を撫でた。

「ララちゃん、久しぶり。そろそろどいてくれないかな……？」

「しりうすくぅん……。――ッ⁉　シ、シリウス君⁉　ご、ごめんね‼」

ララちゃんは正気に戻ったのか、顔を真っ赤にして僕から飛び退《の》いた。僕が起き上がりつつ地面に擦った頰をさすると、ララちゃんは焦《あせ》った様子で駆け寄ってきた。

「シリウス君、ごめんね……今治すから。彼《か》の者に癒やしを『治癒《ヒール》』」

ララちゃんが短く詠唱をすると、柔らかな光が僕を包み込み、頬の痛みが引いていった。

それを見て、ロゼさんが小さく息を呑《の》んだ。

「ちょっとララ！　あんたいきなり走り出したかと思ったら何やってんの⁉」

金髪ツインテロリっ子がララちゃんの首根っこを摑《つか》んで凄《すご》んでいる。後ろにいる女性は柔らかに微笑《ほほえ》みながらそれを見守っていた。

「うぅ……。だってシリウス君の気配がしたんだもん……」

「なにそれ意味わかんない！」

「うふふ、ララちゃんはやっぱり面白い子ね～」

ララちゃんの後に来た二人もララちゃんと同じようなゆったりとしたワンピースを着ており、同じ学校に所属している生徒達であることが窺えた。ララちゃんが通っているヴェステン癒術《ゆじゅつ》学校の同級生と先輩といったところだろう。

それにしても、この女性の魔力……これは……。ロゼさんも気づいたようで、こちらをチラチラと窺っていた。

「ちょ、ちょっとシリウス、どうなってんのか説明してよ」

エアさんが隣で僕に小さな声でそう言った瞬間、ララちゃんの方向から何か鋭い気配を感じ取った気がした。バッとそちらを見ると、ララちゃんは相変わらず可愛い笑みを浮かべていた。あんなにニコニコしているララちゃんから殺気が飛んでくるはずもないし、気のせいかな。

「皆《みんな》、この子はララちゃん、僕と同郷の幼馴染《おさななじみ》なんだ。ララちゃん、こちらは僕と同じクラスの友達だよ。えーっと、そちらは……」

ララちゃんの隣の二人に目をやると、大人っぽい女性が話し始めた。

「あなたが噂《うわさ》のシリウス君ね。私はセシリア、ララちゃんの先輩といったところかしら～」

「わ、私はララと同級生のキノって言います！」

二人の自己紹介を皮切りに、皆で自己紹介大会となった。

ちなみに噂がどんな内容なのか非常に気になりつつも、そこに踏み込む勇気はなかった。

「そういえば、他の皆にはもう会ったの？」

スード冒険者学校に行ったルークとグレースさん、イステン冒険者学校に行ったクロエさんもこの街に来ている可能性が高い。クロエさんは観戦に来るのが面倒で、仮病で休んでる可能性もあるけど……。

「ううん、私もさっき着いたばっかりだからまだ会ってないよ！」

「ドミネウスに着いた途端、急に走り出したからびっくりしたわよ」

話を聞いた限り僕達とは反対の西門から入ってきたようなのだが……。相変わらずララちゃんの気配察知能力は尋常じゃないな。

「シリウス君、元気だった？　あれから怪我《けが》とか病気とかしてない？」

「うん、元気に過ごしているよ」

「ちょっと頑張り過ぎで倒れないか心配だけどね。いつも寝不足だし」

そんなエアさんのツッコミを聞き、ララちゃんは心配そうな表情を浮かべた。

「えっ!?　シリウス君、無理しちゃだめだよ!!」

「はい、気をつけます……」

シュンとする僕を見て、Sクラスの面々はニヤニヤと笑っていた。なんか恥ずかしいな……。

「ところでララちゃんは、あれからどうしてたの？」

「私もずっと元気に過ごしてた！　入学試験は難しかったけどなんとか合格できて、今は毎日お祈りと癒術《ゆじゅつ》の練習ばっかしてるんだ。頑張ってるんだよ！」

フンスと得意げな表情をするララちゃん、可愛《かわい》い。

「ヴェステンに着いていきなり道に迷って涙目になってたけどね？」

キノさんがからかうように言うと、ララちゃんは頰を赤く染めながらぽかぽかとキノちゃんを叩《たた》く。

「でも入学試験では凄い成績だったし、癒術《ゆじゅつ》もあっという間に身に付けちゃうし、セシリア様にも気に入られちゃうし……ララって不思議よね」

ララちゃんは少し嬉《うれ》しそうにこちらをチラチラ窺《うかが》っていた。

「ララちゃん頑張ってたんだ、偉いね」

エトワール村で褒めていた時のように頭を軽く撫《な》でると、ララちゃんは気持ちよさそうに目を瞑《つぶ》り、にへらと笑った。

セシリアさんはそんな僕らを見てにこにこと微笑みながらこちらへ近づいてきた。

「そういえばシリウス君、ララちゃんに癒術《ゆじゅつ》を教えたのが君って本当なのかな〜？」

ポソリと、僕と僕にくっついているララちゃんだけにしか聞こえないような小さな声でセシリアさんが呟《つぶや》いた。

「──ッ⁉」

「えっ？　えっ⁉」

できる限り動揺を隠しつつララちゃんをチラッと見ると、ララちゃんは目を瞬《またた》かせながら僕とセシリアさんを交互に見ていた。本来、癒術《ゆじゅつ》は癒術《ゆじゅつ》局に認定された学校で修行して習得しなければいけない魔術であり、秘匿されているものである。

……本来はそうなのであるが、初級癒術《ゆじゅつ》である『治癒《ヒール》』レベルだと、魔術が使える冒険者の中で実はこっそり身に付けている者も多いのが実態だ。癒術《ゆじゅつ》師に治療してもらった際に聞いた詠唱で、ある程度の腕前の魔術師であれば再現できてしまうためだ。そのように公然の秘密ではあるのだが、癒術《ゆじゅつ》局にバレると多額の罰金、もしくは懲役を科せられることになっている。

僕の父レグルスも同じように『治癒《ヒール》』を覚えたのか、魔術教本に『治癒《ヒール》』の詠唱が小さくメモしてあった。それを読み、僕も使えるようになったのである。そして癒術《ゆじゅつ》師志望のララちゃんに、僕が知っている生物学の基礎レベルの人体の構造と『治癒《ヒール》』を教えていたのだ。ララちゃんには秘密だよって念を押していたはずなのだけど……。いや、ララちゃんが簡単に約束を破るとは思えない。

僕はあわあわと震えているララちゃんの前に一歩出て、セシリアさんと向かい合った。

「おっしゃっている意味がよく分からないのですが……」

必殺、はぐらかし。官公庁と仕事をする時には必須のスキルである。汚い大人の必殺技だが、こういう時のためにある技といっても過言ではない。

「あらあら、小さいのに凄く慎重なのね～。……うん、分かったわ。ララちゃんごめんなさいね、カマかけなんてしちゃって」

「えっ⁉　うぅ……セシリアさん、ひどいです……」

そういうことだったのか……。やっぱりララちゃんが言ったわけではなかったんだ。

「ララちゃんの癒術《ゆじゅつ》の効果があまりに高かったから……でもどうしてか聞いても全然教えてくれないんだもん〜。ただ、普段からシリウス君は凄い凄いって言ってるからもしかして……って思ってたのよね。今日会って確信したわ、シリウス君がララちゃんの先生だって！」

そう言ってセシリアさんは名探偵ばりにビシリと僕を指さした。

「私にもコツを教えてくれると嬉しいな〜、なんて」

「あうあう……」

一方、隣のララちゃんは真っ赤になって俯《うつむ》いていた。

ララちゃんの癒術《ゆじゅつ》の効果が高いのは、多少なりとも人体構造を教えたからだろうなぁ。

この世界では魔術や癒術《ゆじゅつ》が普及している一方、科学や生物学、栄養学、医学といったものがほとんど発達していない。そのためか、この世界の人々には癒術《ゆじゅつ》を含む魔術の基礎である『対象となる現象に対する理解』が圧倒的に不足しているのだ。

癒術局《ゆじゅつ》によって『癒術《ゆじゅつ》』という区分がされているけど、実態はただの無属性魔術だしね。癒術《ゆじゅつ》は神への信仰と加護によって齎《もたら》される奇跡だの云々《うんぬん》言ってるけど、医療分野を独占して治療費を吊《つ》り上げたいだけなのだろう。あくまで癒術《ゆじゅつ》局の上層部が利益を吸い上げているだけであって、末端の癒術《ゆじゅつ》師は純粋に人助けをしたいという尊い志をもった人達なんだろうけど。癒術《ゆじゅつ》学校ではほとんど生物学などは教えられないと聞くし、理解もそこそこに詠唱頼みの癒術《ゆじゅつ》師と、簡単でも人体構造を学んでいるララちゃん、どちらの癒術《ゆじゅつ》が高い効果を発揮するかは明白であろう。

セシリアさんがどこまで考えて言ってるのかを掴みかね、どうしたもんかなぁと頰をかいていると、アリアさんがおずおずとセシリアさんに話しかけた。

「あ、あのー……セシリアさんって、もしかしてあの【真実の聖女《トゥルーホワイト》】セシリア・スターライト様……ですか……？」

「ん～、そう呼ばれることもあったりするわね～」

「あわわわわ!?」

聖女……だと……!?　驚きではあるが、異質な魔力を身に纏っている理由がこれで分かった。

【聖女】とは、【勇者】と同様に『神聖魔術』を扱うことのできる存在である。ただし【勇者】のように手の甲に神聖文字は現れず、『神聖武器』を扱うこともできない。

しかし『神聖魔術』による癒術《ゆじゅつ》や浄化術などは普通の魔術とは比べ物にならない。加えて今代の聖女は【真実の聖女《トゥルーホワイト》】の異名を持っており、人の心を読めるという噂である。

それが本当であればいくら誤魔化しても意味がないけれど……。

「大丈夫、人の心を読めるなんてただの噂よ～」

読んでますやん。

「心を読めるのではなく、嘘《うそ》を見抜く能力があると私は聞いたことが……」

アリアさんがそう言うと、セシリアさんはちょっとだけ驚いた表情を見せた後、うふふと微笑んだ。

「あらあら、公にしていないはずなんだけどよく知っているわね～。でもそんな大層な能力じゃないのよ。さっきのシリウス君みたいにはぐらかされると分からないもの～」

十分驚異的な能力である……。カマをかけて真実を引きずり出すことができるし、尋問などにも非常に有用だろう。【聖女】を尋問に使うかどうかはともかくとしてだが。

「うんうん、大体分かったわ。まぁ暫《しばら》くここに滞在することですし、その内シリウス君も話してくれるかも知れないしね！」

セシリアさんはパチリとウインク……したかったのだろうが、上手《うま》くできておらず両目をパチパチとさせて去っていった。キレ者なのか天然なのかよく分からないキャラクターである。

「ほら、ララも行くわよ！」

「シリウス君、またねー‼」

ララちゃんもキノさんに引きずられながら、西門の方へ帰っていった。

エトワール村出身の他の同級生にも会えるかと思ったが、基本的に学校ごとに滞在するエリアを分けられているようで、結局ララちゃんにしか会うことはできなかった。

エピローグ

どこの世界でもお偉い人の挨拶は長いものである。

ドミネウス闘技場で国王陛下による開会の挨拶という名の長話を聞きつつ、湧き上がるあくびを噛《か》み殺す。流石《さすが》に冒険者学校の生徒なだけあって倒れたりふらつくような者はいないが、皆うんざりとした表情を隠しきれていない。これも一種の修行なのか？

「国王陛下、ありがとうございました。それでは各校の代表者による組み合わせの決定を行います。イステン冒険者学校代表セリーヌ・フランセス、スード冒険者学校代表ルーク・セリディアス、ノルド国軍訓練学校代表ディン・マーベル、セントラル冒険者学校代表シリウス・アステール、前へ」

……聞いてないぞ？

バッと隣のシオン先輩を振り返ると、先輩はウインクをして舌をぺろりと出した。その表情に若干イラッとしてシオン先輩の肩を摑《つか》んで迫ると、先輩は申し訳なさそうに手を合わせて頭を下げた。

「ごめん！　シリウス君、学園対抗戦が今年初めてだってことすっかり忘れてたよ……。毎年、代表者がクジを引いて試合の組み合わせを決定するんだ。申し訳ないけど、頼んだよ！」

シオン先輩は口早に小声でそう言うと、僕の背中をポンと押した。

進行が滞ってしまうため渋々と壇上に上がる……と、そこには見覚えのある少年がいた。

「ルーク⁉」

エトワール村の同級生、ルークが純白の鎧《よろい》を纏《まと》い真紅のマントをたなびかせ、壇上に立っていた。ルークも僕を見て一瞬驚いたかのように目を瞠《みは》ったが、すぐに視線を逸《そ》らして何も言わず離れていってしまった。

え⁉　シカト⁉

ルークの態度に驚きつつもルークの魔力が変質していることに気づき、冷静に思考を回転させはじめた。

この魔力は【聖女】と酷似している。ルークが、まさか……。

ルークのことで頭が一杯になっていると、いつの間にか他の学校の代表者がクジを引き終えていた。

「それでは、最後のセントラル冒険者学校はノルド国軍訓練学校との試合となります」

僕、壇上に上がる必要なかったのでは……。そう思いつつ、クジのナンバープレートを受け取る。

ノルド国軍訓練学校の代表生徒であるディン・マーベルをチラリと見る。闘技場と馴染《なじ》むグレーのフード付きマントを着用しており顔も身体《からだ》つきもよく見ることができないが、鍛え上げられた肉体であることはマント越しにでも感じ取ることができた。彼は真《ま》っ直《す》ぐ前を見ており、こちらを一切意識していないようである。

フード付きマントによって視覚から得られる情報がシャットダウンされているが、彼についてはシオン先輩からある程度聞き及んでいた。シオン先輩と同じ三学年であり、近接戦闘と魔術戦闘どちらもできる万能型であるそうだ。去年のノルド国軍訓練学校で唯一の二学年だったため、今年も代表者に選ばれているだろうというシオン先輩の予測はドンピシャであった。

そして、ルークだ。以前は快活で明るいイケメンであったが、今や見る影もない。表情は暗く、何にも興味がないような顔をしている。僕のことも最初に一瞥《いちべつ》しただけで、それ以降見ようともしないほどだ。

一体どうしたっていうんだ、ルーク……。

開会式が終わり、ルークのことを考えつつ先輩とともに控室へと向かう。

これから行われる学園対抗戦は、初日の今日に一回戦を行い、明日決勝戦を行う予定となっている。一日で二試合くらいやってしまえると思うが、選手の体調に万全を期すためだそうだ。

それがまた普段から厳しい授業と訓練に身をおいている生徒達からは、気楽な小旅行として好評みたいだ。参加者である僕は気楽に観光するような気分じゃないんだけどね……。

控室への廊下を先輩達と歩いていると、仲間とともに他の部屋に入ろうとしているルークが視界に入った。

「ルークッ……！」

ルークの元に駆けていくと、ルークの前に一人の女性が厳しい表情で立ちはだかった。もう一人の女性はルークの腕に抱きついたままこちらを睨《にら》みつけている。

「止まりなさい！　なんですか、貴方《あなた》は！」

「僕はシリウス・アステール、ルークの友人です」

僕がそう言うと女性は怪訝《けげん》な顔をしてルークに問いかけた。

「……ルーク様、本当ですか？」

ルークは疎《うと》ましげな表情で僕を睨みつける。

「……いや、ただの知り合いだ。シリウス、俺はお前の相手をしているほど暇じゃねぇんだ、帰れ」

「……は？」

「お前も、これから自分をボコボコにする勇者様と悠長に喋《しゃべ》ってる場合じゃないだろ？お仲間と必死に作戦会議でもした方がいいんじゃねぇか？」

ルークはくつくつと嗤《わら》い、踵《きびす》を返した。

「……行くぞ」

「ルークさまぁお部屋でゆっくりしましょー」

様変わりしたルークの様子に呆気《あっけ》に取られた僕は、女性を引き連れて控室に入っていくルークの後ろ姿を眺めることしかできなかった。

扉が閉まると、廊下が静寂に包まれる。

「あー……なんだ、シリウス君、君のお友達は中々刺激的だね」

シオン先輩の軽薄なフォローが、やけに優しく感じられる。

「……そうですね」

勇者になって豹変《ひょうへん》したルークの姿が瞼《まぶた》の裏に浮かぶ。

これからはじまる学園対抗戦が、波乱に満ちたものになる予感が僕の胸を満たしていた。

あとがき

前巻からお読みくださっている方、ご無沙汰しております。二巻からお手にとってくださった方は、はじめまして。このたびは本書をお手にとっていただき、誠にありがとうございます。

作者の丁鹿《とうか》イノと申します。

こうして無事二巻をお届けすることができて、とても嬉《うれ》しいです。ついこの間一巻が出たと思ったらもう二巻……時が経《た》つのは本当に早いですね。


今、全国的に大変な状況ですが、皆様大丈夫でしょうか。私はありがたいことに、変わらず社畜生活を送れております。

実は一巻の発売日は、ちょうど緊急事態宣言の真《ま》っ只中《ただなか》と大変な時期でした。果たしてお手にとっていただけるのだろうかと不安に思っておりましたが、そんな中でもお読みくださった方が多くいると担当編集様からお聞きし、とても勇気づけられました。本当に感謝の気持ちで一杯です。

またWeb版をお読み頂いている方、相も変わらずカクヨムの更新が遅れてしまっており、大変申し訳ございません。


さて、あとがきはまだ残り三ページもあるので、ゆっくりと二巻について語りたいと思います。

今回は、プロローグでいきなり学園対抗戦のクライマックスからはじまっています。続きは次巻から描かれることになりますので、是非楽しみに待っていていただけると幸いに存じます。

本編では、一巻から引き続きシリウスの修行、修行、修行。前巻から引き続き修行ばかりしている主人公。悲しいかな、社畜精神が抜けていないようです。

この作品のアイデンティティを守るために、これからも社畜でいてもらおうと思います。大丈夫、私も一緒です。

そして今回、武道祭や迷宮探索など、戦闘シーンが盛り沢山になっています。剣と魔術の戦いは本作の大きな魅力の一つですので、楽しんでいただけたら嬉しいです。

戦闘シーンは執筆していてもとても楽しいのでつい文字数を忘れてしまうのですが、自制しつつ他キャラの出番を考えてページ数を調整しました。

また二巻も一巻と同様に、Ｗｅｂ版から細々と手を入れております。完全書き下ろしのストーリーも追加しているので、Ｗｅｂ版をお読みいただいている方も楽しんでいただけると嬉しいです。

そしてなんと言っても、今回も最高に魅力的なイラスト達……！

リィンもシャーロットも、美しい……理想以上の美しさです。

ルークとシリウスは最高に格好良い……！　ルークには次巻でも活躍してもらいたいところです。

そしてララちゃん、可愛《かわい》すぎます……‼　シリウスと別れてから可愛さに磨きがかかったように感じます。……いや、前からから可愛かったですね。

最後に、お世話になった方々へ感謝を申し上げたいと思います。

担当編集様、今回も私の社畜具合すらも考慮して色々と動いていただき、いつもありがとうございます。

風花風花《かざばなふうか》先生、ご多忙にも拘《かかわ》らず今回も最高なイラストを描いていただき、ありがとうございます。先生の新しいイラストを拝見する度に、キャラクター達の格好良さと可愛さに胸を射抜かれています。

そして、Ｗｅｂ版から応援してくださっている読者様、また今回初めてお読みいただいた読者様、本作を手にとってくださった全ての方々に心より感謝申し上げます。

またお会いできることを楽しみにしております。

お便りはこちらまで

〒一〇二－八一七七
ファンタジア文庫編集部気付
丁鹿イノ（様）宛
風花風花（様）宛

富士見ファンタジア文庫

転生《てんせい》した社畜《しゃちく》は異世界《いせかい》でも無休《むきゅう》で最強《さいきょう》へ至《いた》る2

令和2年9月20日　初版発行

著者――丁鹿《とうか》イノ

発行者――青柳昌行
発　行――株式会社KADOKAWA
〒102-8177
東京都千代田区富士見2-13-3
0570-002-301（ナビダイヤル）
印刷所――株式会社暁印刷
製本所――株式会社ビルディング・ブックセンター

ISBN978-4-04-073627-3 C0193 ◇◇◇

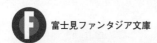

ファンタジア文庫
イスカ
帝国の最高戦力「使徒聖」の一人。争いを終わらせるために戦う、戦争嫌いの戦闘狂
女と最強の騎士
二人が世界を変える――
帝国最強の剣士イスカ。ネビュリス皇庁が誇る魔女姫アリスリーゼ。敵対する二大国の英雄として戦場で出会った二人。しかし、互いの強さ、美しさ、抱いた夢に共鳴し、惹かれていく。たとえ戦うしかない運命にあっても――
シリーズ好評発売中！

細音啓が紡ぐ新たなるヒロイックファンタジー
細音啓
イラスト
猫鍋蒼
キミと僕の最後の戦場、あるいは世界が始まる聖戦
the War ends the world / raises the world
アリスリーゼ
帝国と対立しているネビュリス皇庁の第２王女で強力な氷の星霊を使う「氷禍の魔女」
至高の魔
敵対する

世界を殺す少女を止める方法は――
デートして、デレさせること!?
ファンタジア文庫

少年は、世界から否定される少女と出会った。
突然の衝撃波とともに、跡形もなく、無くなった街並み。
クレーターになった街の一角の、中心にその少女はいた。
「――おまえも、私を殺しに来たんだろう?」
世界を殺す災厄、正体不明の怪物と、
世界から否定される少女を止める方法は二つ。
殲滅か、対話。
新世代ボーイ・ミーツ・ガール!!
DATE A LIVE
デート・ア・ライブ
橘公司
KOUSHI TACHIBANA
イラスト:つなこ
TSUNAKO
シリーズ好評発売中!
スピンオフシリーズ
デート・ア・バレット
著:東出祐一郎　イラスト:NOCO
好評発売中!

駟しあい。

各国がスパイによる戦争を繰り広げる世界。任務成功率100%、しかし性格に難ありの凄腕スパイ・クラウスは、死亡率九割を超える任務に、何故か未熟な7人の少女たちを招集するのだが――。

シリーズ
好評発売中！

ファンタジア文庫

世界最強の
“不可能任務”に挑む少女たちの
痛快スパイファンタジー！
スパイ教室
竹町
illustration
トマリ

切り拓け！キミだけの王道
ファンタジア大賞
原稿募集中！
賞金
《大賞》300万円
《金賞》50万円
《銀賞》30万円
選考委員
細音啓「キミと僕の最後の戦場、あるいは世界が始まる聖戦」
橘公司「デート・ア・ライブ」
羊太郎「ロクでなし魔術講師と禁忌教典《アカシックレコード》」
ファンタジア文庫編集長
後期締切 2月末日
前期締切 8月末日
公式サイトはこちら！ https://www.fantasiataisho.com/
イラスト／つなこ、猫鍋蒼、三嶋くろね